KB075809

호랑이
남자

Lelaki Harimau

호랑이 남자

에카 쿠르니아완 장편소설

박소현 옮김

오월의봄

틈만 나면 밝혀왔듯이 저는 호러 소설과 무협 만화뿐 아니라 로맨스 소설 심지어 등사판 소설(등사기로 찍은 해적판 포르노 소설)을 읽으며 자랐습니다. 그래서 중고생 시절에는 나중에 소설을 쓴다면 반드시 호러 소설이나 무협 소설을 쓰겠다고 생각했습니다.

물론 2002년 가자마다대학교 철학과를 졸업한 지 얼마 안 되어 첫 소설을 출판할 때는 상황이 꽤 달라져 있었습니다. 그사이 소설을 훨씬 더 많이 읽었을 뿐 아니라 도스토옙스키, 크누트 함순, 허먼 멜빌 같은 대작가들의 작품을 탐독하는 심각한 독자가 되었으니까요. 그 작품들은 제게 소설과 문학 일반이라는 새로운 우주를 열어주었습니다. 하지만 그렇다고 해서 호러 소설과 무협 소설에 대한 제 집착까지 버릴 수는 없었습니다.

그런고로 《아름다움 그것은 상처》는 기본적으로 여기저기서 싸움이 벌어지는 호러 소설의 형태를 한 귀신 또는 귀신들에 관한 이야기입니다. 그리고 《호랑이 남자》는 범죄 이야기와 전설/미신이 뒤섞인 소설이라고 할 수 있습니다. 두 작품 안에서 인도네시아의 역사, 사회·정치 비판, 인간의 심리 등을 읽을 수도 있겠지만, 그렇다고 귀신과 초자연적인 존재에 관한 이야기라는 본 바탕을 덮을 수는 없을 것입니다.

저는 언제나 제 자신이 서로 충돌하고 모순되는 요소들로 가득한 세대에 속한다고 생각해왔습니다. 한쪽에는 지방색 강한 전설/미신의 세계가 있고, 다른 쪽에는 대학에서 공부한 서양철학이 있습니다. 이쪽에는 싸구려 인도네시아 소설이 있고, 저쪽에는 문학사의 위대한 걸작들이 있습니다. 저는 소설과 이야기를 오락거리라 여기지만 동시에 정치적 표현을 위한 매체로도 봅니다. 그렇게 우리 모두는 문화가 교차하는 그 지점에서 만들어진 아이들이 아니던가요?

첫 소설이 세상에 나온 지 15년, 두 번째 소설이 나온 지 13년이 지났습니다. 그리고 이제 두 작품이 한국어로 번역되어 나옵니다. 쓸 때만 해도 제 작품을 읽게 되리라고는 상상도 못해본 독자들이 제 소설을 읽게 됩니다. 한국 독자들은 완전히 낯선 세계와 만나겠지만 (인도네시아를 아는 한국 사람이 얼마나 되겠습니까?) 여전히 익숙한 것들을 보게 될 것입니다. 어쨌거나 제 작품은 인간의 감정, 비극 그리고 해학에 관한 것들이니까요. 제가 (제일 좋아하는 감독인) 박찬욱의 영화를 보면서 문화와 지리적 거리, 경험의 한계에 가로막히지 않고 그 영화 속에 드러나는 인간의 감정, 비극, 해학을 보는 것과 다르지 않을 것입니다.

자카르타에서
에카 쿠르니아완

일러두기

1. 인도네시아어 표기는 국립국어원 표기법을 따랐다.
2. 인도네시아어의 3인칭 대명사 dia와 소유격 ~nya는 성을 지시하지 않으므로 성별과 관계없이 모두 '그'로 번역했다.

차 례

발문

베네딕트 앤더슨*

　문학의 역사에서 가장 짜릿한 부분은 그 역사가 목적론이나 진보라는 전차에 끌려 다니지 않는다는 점이다. 시대의 가장 독창적인 작가들은 난데없이 떨어지는 운석처럼 예고 없이 등장한다. 소포클레스, 베르길리우스, 무라사키 시키부, 멜빌, 루쉰, 셰익스피어, 프루스트, 고골, 입센, 마르케스, 조이스의 등장을 누가 예측할 수 있었겠는가? 이 작가들은 모두 어떤 면에서 자신이 살았던 시대와 사용한 언어의 산물이다. 그러나 같은 시대에 태어나 같은 언어를 사용한 수많은 이들이 있다 해도 그들 모두가 기억할 만한 글을 남기지는 못한다. 계급이나 교육으로 이런 작가들의 등장을 설명하지 못한다. 그들의 직계 조상이나 후손이 문학적 재능을 보여주는 일 또한 흔치 않다.

　살아 있는 인도네시아 작가 중 가장 독창적이라 할 에카 쿠르니아완 또한 그런 예기치 못한 운석처럼 등장했다. 그는 1975년 11월 28일, 포르투갈의 식민지였던 동티모르가 독립을 선언한 바로 그

---

*　1960년대 초 자바에서 현장연구를 하며 인도네시아 연구자로서 경력을 시작했다. 1972년 인도네시아 입국을 금지당하자 타이와 필리핀 연구로 눈길을 돌렸다. 이러한 비교연구를 바탕으로 민족주의의 기원과 전파 과정을 밝힌 《상상의 공동체》(1983)를 출간해 세계적인 명성을 얻었다. 에카 쿠르니아완의 단편을 영어로 번역하는 등 그의 작품을 인도네시아 바깥으로 소개한 장본인이기도 하다.

8

날 태어났다. 독재자 수하르토는 (미국산 무기로 무장하고) 신생국 동티모르를 점령해 인도네시아에 합병시켰다. 1975년 12월 7일 진주만 공격 기념일, 미국 대통령 제럴드 포드와 헨리 키신저는 인도네시아를 방문해 이 잔인한 점령을 치하해 마지않았다. 그러나 동티모르인들은 기어이 인도네시아가 잔인한 식민 지배를 포기하게 만들었다. 에카는 22년에 걸친 동티모르인들의 끈질긴 저항이 시작된 바로 그날 자신이 태어난 사실을 무척 자랑스럽게 여긴다.

에카는 서부 자바 한 귀퉁이 인도양과 접한 바닷가 (도로조차 없는) 외딴 마을에서 태어나 열 살까지 그곳에서 외조부모의 손에 자랐다. 외조부모는 글을 읽을 줄 알았지만 시골 집에는 책이 없었다. 어린 에카는 이 마을의 두 여인과 '보이지 않는 남자'를 통해 '문학'의 세계와 접촉할 수 있었다. 에카의 외할머니는 각종 전설이며 마을에 내려오는 여러 이야기를 들려주길 좋아했고, (먼 친척이기도 한) 혼자 사는 이웃 할머니는 더 재능 있는 이야기꾼이었다. 이 할머니는 마을 모스크에서 저녁 기도가 끝나면 집 앞에 동네 아이들을 모아놓고 신비로운 옛날이야기를 끝없이 해주었다. '보이지 않는 남자'란 등장인물에 따라 목소리를 바꿔가며, 순다인이 대다수인 서부 자바(중부 자바와 동부 자바에는 자바인이 주로 산다)의 전설을 전해주는 라디오 속 이야기꾼을 말한다.

1984년 어린 에카는 외가를 떠나 팡안다란에서 부모와 함께 살며 초등학교를 다니게 됐다. 중부 자바와 서부 자바의 경계에 있는 작은 읍인 팡안다란은 자바인과 순다인이 뒤섞여 살며 자바어와 순다어가 동시에 통용되던 곳이었다. 읍에는 서점도 공공도서관도 없었지만, 재단사였던 에카의 아버지는 관광객용 티셔츠를 만들면서도 나름의 방식으로 문자를 향유했다. 그에게는 생업과는 성격이 딴판인 두 가지 과업이 있었다. 모스크에서 기도를 이끌며 아랍어를 모르는 아이들에게 코란 구절을 외우도록 지도하는 한편, 동네 학교에서 시간제로 영어를 가르쳤다. 덕분에 학교의 작은 문고에서 책을 빌려와 자식들에게 읽힐 수 있었다. 그는 젊은 시절 사범학교에 다녔지만 학업을 마치지는 못했다. 아마 그 때문에 저녁이면 모스크에서 쓸 설교문을 작성하고 각종 무슬림 잡지에 기고할 종교 관련 기사(에카는 절대 읽지 않았던!)를 썼을지도 모르겠다. 그러나 무엇보다 중요한 사건은 에카가 버스 정류장과 바닷가 호텔 뒤쪽에서 이른바 '책의 정원' 곧 책 노점을 발견한 일이다. 이 '정원'에서 노점상들은 인도네시아 공포 소설이나 액션 만화, 번역 상태가 엉망인 닉 카터가 등장하는 탐정 소설이나 바버라 카틀랜드의 로맨스 소설을 팔거나 빌려주었다. 가끔은 책장수가 책을 자전거에 싣고 집으로 찾아오기도 했다. 이 책들이 열한 살 난 에카가 시와 단편소설을 쓰고 장편소설 구상까지 하게 해준 공신들이었다.

열일곱 살에 명문 가자마다대학교에 입학한 것을 보면 에카는 팡안다란의 고등학교에서는 전교 1등을 차지하는 우등생이었을 것이 분명하다. 가자마다대학교가 있는 족자카르타는 1945년에서 1949년까지 네덜란드 식민주의자들에 맞서 싸운 혁명 시기에 인도네시아 공화국의 임시 수도이기도 했다. 에카는 철학과에 입학했지만 전공 수업에 별 흥미를 느끼지 못했다. 그러던 어느 날 학과 도서관의 뒤죽박죽인 서가에서 노르웨이 출신 노벨상 수상자인 크누트 함순의《땅의 혜택》영문판을 찾아냈다. 그날 이후 에카는 중독된 사람처럼 벼룩시장에서 중고책을 뒤지다가 크누트 함순의 더 유명한 소설《굶주림》을 발견하기도 했다. 흥미롭기 짝이 없게도 가자마다대학교 중앙도서관에는 미국대사관이 기증한 미국학 분야 서가가 있었다. 그 서가에는 가르시아 마르케스, 세르반테스, 보르헤스뿐 아니라 러시아의 대문호 고골, 도스토옙스키, 체호프(그 시절이면 소련이 이미 사라졌기 때문일 것이다)의 영문판도 있어 에카를 놀라게 했다. 다들 짐작하듯 미국학 도서에는 포크너, 헤밍웨이, 웰티, 스타인벡, 토니 모리슨 그리고 영국을 배려하는 차원에서 살만 루슈디가 포함되어 있었을 것이다.

에카는 인도네시아 소설은 거의 읽지 않았다고 밝혔는데, 이 기이한 사실은 두 가지로 설명할 수 있을 듯하다. 첫째로 지방 출신 '촌놈'인 그는, 인도네시아 전체에서 학생들이 몰려오는 큰 도시인 족자카르타와 가자마다대학에서 너무 많은 종교 단체, 종족, 언어, 관습, 야망과 마주하면서 큰 문화적 충격을 받았다. 그는 도서관의 미국학 서가에서 이 충격들을 잠시 접어두고 전 세계의 보물 같은 작품들을 만났을 것이다. 그보다 더 영어를 잘하는 인도네시아 학생은 많지 않았기 때문이기도 하다. 둘째로는 소위 '공산주의자'들을 수백만이나 학살하면서 권력을 잡은, 교양이라고는 찾아볼 수 없는 수하르토 독재정권(1966~1998)이 인도네시아 곳곳에 정치범 수용소를 짓고 조금이라도 좌파적이거나 체제 비판적인 책은 모두 금서로 정했기 때문이다. 예컨대 여러 빼어난 단편과 에세이를 쓴 인도네시아의 위대한 작가 프라무댜 아난타 투르는 재판도 없이 멀리 떨어진 부루섬의 수용소에 14년간 수감되었다. 그가 석방된 후에도 작품들은 여전히 금서로 남았다. 수하르토 시절의 금서 지정은 이제 아무런 실질적인 힘이 없지만 지금도 여전히 공식적으로는 해제되지 않았다.

1990년대 가자마다대학교는 아직 구식의 진보적인 대학으로, 상업화되지도 미국화되지도 않아서 대학 순위 같은 데 집착하지도 않았다. 학생들은 퇴학당하는 일 없이 계속 학생 신분을 유지할 수 있었고, 학위 논문은 철옹성 같은 분과 체계에 갇혀 있을 필요도 없었다. 에카는 자카르타의 '일요 신문들'에 단편소설을 발표하면서 1998년까지 대학에 적을 두었다.

1997년 에카는 '철학과' 졸업논문으로 프라무댜에 대해 쓰기로 결심한다. 왜 그는 이런 결정을 내렸을까? 1996년 인도네시아 일간지들은 반半지하 마르크스주의 정당인 인민민주당(PRD)의 등장을 우려하는 기사를 내놓기 시작했다. 인민민주당은 수하르토를 권좌에서 끌어내리기를 갈망하던 운동권 학생들을 매혹시켰다. 에카는 같은 과의 인민민주당원 학생들과 친하게 지냈지만 정당이나 정치단체 가입에는 관심이 없었다. 족자카르타 인민민주당원의 임무 중 하나는 프라무댜의 대작 '부루 4부작'을 비밀리에 유포시키는 것이었다. 프라무댜가 수용소에 있는 동안 써내려간 이 작품은 20세기 초 사반세기 동안 인도네시아에서 민족주의와 사회주의의 기원과 발전 과정에 관한 것이다. 에카는 인민민주당원 친구에게서 소설의 복사본을 받아 읽고 깊이 감동받았다. 한편 1997년 7월 타이에서 시작된 아시아 금융위기가 9월에 인도네시아를 강타했다. 몇 주 만에 환율이 달러당 2,500루피아에서 1만 7,000루피아까지 폭등했다. 수많은 은행과 기업이 도산하고 실업률이 치솟았으며 국

13

가 경제는 폐허가 되었다. 독재정권 타도를 주장하는 대중시위(일부는 인민민주당이 조직한)가 연일 벌어졌다. 에카는 족자카르타에서 벌어진 시위라는 시위는 모조리 나갔다고 했다. 그에게는 첫 정치적 경험이었다. 독재정권은 시위를 잔인하게 진압했고, 명망 있는 활동가들이 납치되고 고문당하고 실종되는 일이 수없이 벌어졌다. "1998년 초에 프라무댜에 관해 쓴 논문을 철학과 선생님들 앞에서 발표했는데, 당연히 통과되지 않았지요. 그런데 얼마 지나지 않아 자카르타에서 5월 폭동이 나고 수하르토 정권이 무너졌어요. 그 후에 다시 논문 초안을 발표했더니 이번에는 쉽게 통과됐어요!" 이후 인민민주당원 친구들이 에카에게 운동권 출판사를 소개해주었고 덕분에 그 논문은 《프라무댜 아난타 투르와 사회주의 리얼리즘 문학》이라는 제목으로 출판되었다.

후일 자신에게 가장 많은 영향을 끼친 인도네시아 작가가 누구냐는 질문에 에카는 '멜랑콜리' 3인방을 꼽았다. 첫째는 아미르 함자, 최고의 인도네시아 시인이자 북수마트라의 독립 지지파 귀족이었다. 그는 1945~1949년 독립혁명 기간에 혁명가로 가장한 폭력배들의 손에 살해되었다. 둘째는 프라무댜, 셋째는 용감한 위드지 투쿨, 새로운 종류의 급진적 자바 시인이다. 실종됐다고 알려졌지만, 한때 수하르토의 사위였고 대통령이 되고 싶어 미쳐 날뛰던 프라보워 장군의 사주를 받은 노련한 킬러에게 살해되었을 가능성이 높다. (다행히도 프라보워는 2014년 대통령선거에서 조코 위도도에게 패배했다. 조코 위도도는 부패하고 잔인한 수하르토 정권과 아무 관련 없는 첫 대통령 후보였다.)

전 세계 어디서나 그렇듯 인도네시아에서도 작가와 문학작품에 대한 진지한 연구는, 작가들의 자의식과 그들이 속한 패거리 덕분에 대개 역사나 문학비평 분과의 몫으로 남아 있다. 젊은 에카는 이 규칙의 흔치 않은 예외였다. 그는 논문에서 프라무댜의 정치적 용기와 인도네시아어 혁신을 찬양했지만 그의 사회주의 리얼리즘은 이미 낡은 문학 양식이라고 주장한다. 하지만 안타깝게도 에카의 프라무댜 분석은 거의 '부루 4부작'만을 대상으로 한 것이다. 당시 그에게는 프라무댜가 1950년대에 쓴 빼어난 단편들을 접할 길이 없었다. 이 단편들은 사회주의 리얼리즘과는 거리가 먼 데다, 마술적 리얼리즘이란 용어가 있기도 전에 쓰였지만 마술적 리얼리즘적 요소로 가득하다.

2000년 에카는 재기 넘치는 제목의 첫 단편집《화장실 벽의 낙서》를, 2년 후에는 두툼한 장편소설《아름다움 그것은 상처》를 발표했다. 여러 모로 상반된 이 두 작품으로 에카는 인도네시아 문단의 스타가 되었다. 단편집에서 에카는 자신이 속한 세대(권력에 굶

15

주려 기회주의자가 돼버린 인민민주당 지도부를 포함한)에 대한 풍자와 블랙유머, 유년 시절에 들은 구전설화와 수하르토 이후 시대의 대도시 부르주아 문화를 한데 솜씨 있게 엮어냈다. 그와는 완전히 반대편에 있는 《아름다움 그것은 상처》는 네덜란드 식민지 말기부터 일본 점령기와 1945~1949년 혁명기, 1950년대 이슬람 근본주의자들의 길었던 반란, 인도네시아 공산당의 부상과 피비린내 나는 몰락, 초기 수하르토 독재 시기를 관통하는 일종의 역사소설이다. 그러나 그 무대는 인도양에 가까운 이름 없는 작은 마을로, 그곳은 인도네시아를 대변하지도 하다못해 그 지역을 대표하지도 못한다. 그곳에서는 아무것도 기록되지 않으며 마술과 전통과 새로 만들어진 전설과 혼란스런 구전 역사로 가득하다.

에카는 내게 초기에 쓴 소설 세 편을 어렵지만 하나의 큰 이야기로 만들어보려는 노력 끝에 《아름다움 그것은 상처》가 쓰였다고 말한 적이 있다. 이 소설은 의식적으로나 무의식적으로나 프라무댜의 사회주의 리얼리즘에 대한 비판에서 나왔으며, 여러 언어로 번역되기도 한 그 유명한 '부루 4부작'에 대한 도전이었을 것이다.

그리고 2004년에 《호랑이 남자Lelaki Harimau》가 나왔으며, 영어로는 약간 어색한 《Man Tiger》라는 제목으로 번역되었다. 《아름다움 그것은 상처》와 마찬가지로 배경은 인도양 연안의 이름 없는 도시와 그 인근이다. 그러나 《호랑이 남자》는 상대적으로 짧고 압축적이며 우아한 구조를 지니고 있다. 이야기는 2대에 걸쳐 서로 얽히고 꼬인 두 가족의 비극에 초점을 맞춘다. 주인공 마르지오는 반쯤은 도시적이고 반쯤은 농촌적인 평범한 젊은이지만, 사랑하는 할아버지의 유산인 하얀 암호랑이의 영에 들리고 만다. 인도네시아 곳곳에는 선량한 마을이나 가족을 지켜주는 신비로운 수호랑이에 대한 전설이 있다. 그러나 이 호랑이는 외부에 있으며 정글에 산다. 에카는 이 전설을 빌려오지만 전설과 달리 호랑이는 암컷이고 마르지오의 몸 안에 있으며 아주 가끔씩만 마르지오가 통제할 수 있다. 나는 독자가 긴장과 흥미를 잃는 일이 없도록 여기서 더 이상 《호랑이 남자》의 내용을 거론하지는 않으려고 한다.

대신 에카를 동시대 다른 인도네시아 작가들과 차별지어주는 그의 진화하는 스타일에 대해 언급하려고 한다. 첫째는 그 자체로 아름다운 문체와 폭넓은 어휘력이다. 그는 최신 유행어부터 외딴 마을에서는 아직 사용하지만 현대 도시어를 중심으로 한 사전에는 나오지 않는 사라져가는 단어들을 두루 사용한다. 둘째는 화자 storyteller의 목소리가 작품 구석구석에 배어 있고 작중 인물이 직접 목소리를 내는 법이 없다는 점이다. 인물이 직접 입을 연다 해도 단 몇 문장에 불과하다. 과거의 구전설화처럼 독자는 화자의 성별, 나이, 직업, 출신 등 무엇에 관해서도 알 수 없다. 셋째는 초자연적 존재를 활용하는 데 점차 엄격해져가고 있다는 점이다. 《아름다움 그 것은 상처》에서는 마술적인 존재가 도처에 등장한다. 그 점에서 인 도네시아 버전의 《마하바라타》와 《라마야나》를 바탕으로 한 전통 와양 그림자극과 다를 바가 없다. 와양의 등장인물은 모두 신과 여신, 귀족 전사, 악마, 왕, 거인, 광대, 귀신, 공주이며 그 모습도 도상적으로 정해져 있다. 예컨대 공주와 왕비는 숨 막히게 아름답고 여자 광대는 괴상망측하게 생겼다. 평범하지만 입체적이고 매력적인 여성 같은 것은 없다. 에카의 첫 두 작품에 등장하는 여성 또한 언제나 '믿을 수 없을 만큼 아름답'거나 흉측할 정도로 못생겼다. 그러나 《호랑이 남자》에는 초자연적 존재는 하나뿐이며, 공간은 소설이 전개되면서 성격이 드러나는 평범한 여성을 위해 존재한다. 넷째는 그가 점차 시간을 다루는 데 능숙해져간다는 점이다. 《호랑이 남자》에서 각 장은 플래시백 없이 잘 짜인 시간의 흐름 속에 배치되어 있다. 첫 번째 쪽과 마지막 쪽은 거의 시간적으로 동시에 일어난다. 《아름다움 그것은 상처》에서는 시간대가 종횡무진 오가지만 자의적이거나 쓸데없이 혼란스러운 데가 없잖아 있다. 마지막으로는 섹스에 대해 말하고 싶다. 전작에서는 수없이 많은 섹스가 벌어지지만 그 장면들은 와양 그림자극에서처럼 초자연적인 방식으로 그려져 납작하고 단면적이다. 반면《호랑이 남자》에서 섹스는 폭력적이고 속임수일 때가 많지만 비극적인 줄거리를 전개시키는 데 필수불가결한 요소다. 또한 초자연적 존재인 호랑이를 암컷으로 만들고 인간 남자의 몸에 들어가게 한 에카의 결정은 여러 모로 혁신적이다. 그 덕분에 이 소설은 이차원적 옛날이야기를 넘어서 삼차원적 해석이 가능한 이야기가 된다. 이 점을 굳이 지적하는 까닭은 그의 다면적인 독창성은 옛것과 새것을 솜씨 좋게 한데 엮어내는 데 있음을 강조하기 위해서이다. 그런 점에서 그가 가장 좋아하는 작가가 고골과 멜빌인 것은 당연한 일인지 모른다.

하나

마르지오가 안와르 사닷을 죽이던 해질녘, 키야이* 자로
는 제 양어장에서 아끼는 물고기를 돌보고 있었다. 야자수 사
이로 갯냄새가 퍼져나가고 바다는 요란하게 철썩대고 잔잔한
바람이 불어와 녹조며 산호초며 작은 란타나를 흩트려놓았다.
양어장은 카카오 플랜테이션 한복판에 있었다. 카카오나무는
제대로 돌보지 않아 바짝 마르고 열매는 가늘고 쪼글쪼글했
다. 잎은 템페** 공장에서나 겨우 쓸 만해서 공장 사람들이 밤
마다 잎을 따러 왔다. 플랜테이션 한가운데를 가로지르는 개
울에는 가물치와 뱀장어가 득실득실했고 비가 와서 물이 넘칠
때마다 주변의 습지를 적셔주었다. 플랜테이션이 파산하자 사

---

* 기도를 이끄는 이슬람 지도자를 부르는 호칭.
** 콩을 나뭇잎으로 싸서 발효시켜 만드는 식재료.

람들이 몰려와 저마다 땅을 차지했다. 그리고 습지의 부레옥
잠과 캉쿵(공심채)을 걷어내고 그 자리에 벼를 심었다. 키야이
자로도 그런 사람 중 하나였다. 그러나 쌀농사는 시간과 노력
을 너무 많이 잡아먹었다. 그는 쟁기자리*라는 말을 들어본 적
도 없었지만 한 철 만에 쌀농사를 그만두고 그 자리에 땅콩을
심었다. 땅콩은 훨씬 손이 덜 갔지만 땅콩을 두 자루 가득 거두
고 나자 이제 어떻게 다 먹어치울지가 걱정이었다. 그래서 이
번에는 그 자리에 연못을 만들어 물고기를 길렀다. 요즘은 해
지기 전 먹이를 주고 고기들이 물 밖으로 뻐끔뻐끔 입을 벌리
는 모습을 보는 것이 일과 중 가장 신나는 일이 되었다.

　자로는 정미소에서 가져온 쌀겨와 카사바와 파파야잎을 물
고기들이 요란하게 파닥거리는 물 위에 던져주던 중이었다.
그때 멀리서 오토바이 소리가 들려왔다. 너무 잘 아는 소리라
서 고개를 들어볼 필요도 없었다. 하루 다섯 번 기도 시간을 알
리는 모스크의 북소리보다 더 익숙한 소리, 사드라 소령의 번
쩍거리는 빨간색 혼다70이 주인을 모스크에 데려다주거나 주
인의 아내를 시장에 태워줄 때 내는 소리였다. 그것도 아니면
할 일이 없어 심심한 주인이 부르릉거리며 조용한 동네를 이
리저리 도는 소리이리라.

　여든이 넘었지만 사드라 소령은 아직 정정했다. 퇴역한 지
오래됐지만 해마다 전우들과 함께 독립기념일 행사에 참석했

---

*　오리온자리. 이 별자리가 쟁기와 닮았다고 한 철 농사꾼을 가리키는 말로 쓰인다.

22

다. 시 정부는 공로의 대가로 그에게 영웅묘지에 묻힐 자리를 마련해주었는데 소령은 저더러 빨리 죽으란 소리인가 보다고 농을 하곤 했다. 그는 오토바이를 휙 틀더니 개울가에 섰다. 시동을 끄고 시커먼 콧수염 아래 가려진 입가를 쓰윽 닦았다. 오래된 버릇인데 그렇게 입가를 닦지 않으면 도무지 자기가 자기 같지 않았다. 자로는 사드라 소령이 옆에 와 설 때까지 돌아보지도 않았다. 두 사람은 어젯밤에 내린 요란한 폭우에 대해 얘기했다. 다행히 공설운동장에서 자무** 회사가 주최한 영화 상영은 별일 없이 끝났지만 양어장 주인들은 억장이 무너졌을 것이었다.

한 달 전에도 그 비슷한 폭우가 일주일 내내 내렸다. 물보다 진흙탕에 가깝던 개울이 사람 키만큼 불어나, 물가의 거위 우리를 쓸어갔고 그 주변의 양어장은 모두 흔적도 없이 사라졌다. 양어장에 있던 물고기도 모조리 사라졌다. 물이 빠지고 나자 남은 것은 달팽이와 바나나나무 줄기뿐이었다. 자로는 사드라 소령에게 양어장에 쳐둘 그물을 장만했다고 말했다.

바로 그때 한 늙은이가 자전거에 탄 채 카카오나무 가지를 피하려고 몸을 숙이며 애타게 자로를 불렀다. 모스크에서 아이들에게 코란 읽기를 가르치는 마 소마였다. 빠르게 달려오다가 자전거가 밭에 처박히기 직전에 훌쩍 뛰어내렸는데, 양손이 핸들을 꼭 쥔 폼이 고삐에 매인 말 같았다. 그가 헐떡대며

** 인도네시아인들이 즐겨 마시는 각종 약재를 섞어 만든 건강 음료.

마르지오가 안와르 사닷을 죽였다고 말했다. 자로에게 빨리 장례 기도를 준비해야 한다고 재촉하는 말투였다. 그 일이 요즘 자로가 맡아온 일이었다.

"신의 가호를." 사드라 소령이 입을 열었다. 잠시 세 사람은 알아듣기 힘든 농담이라도 들은 것처럼 어리둥절한 눈빛으로 서로를 쳐다보았다. "아까 낮에 녀석이 전쟁 때 쓰던 녹슨 일본도를 들고 가는 걸 봤지. 망할 놈, 그 망할 놈의 칼은 내가 뺏었는데 다시 가져간 모양이지."

"아니, 녀석은 목에 있는 혈관을 물어뜯어 죽였어."

사람을 그런 식으로 죽였다는 소리는 들어본 적이 없었다. 지난 10년간 이 도시에서 살인 사건이 모두 열두 번 있었는데 흉기는 모두 칼이었다. 총을 쓴 사건도 없었는데 하물며 물어뜯어 죽이다니. 보통 여자들이 싸우다가 물어뜯는 일이 없지는 않았지만 그렇다고 사람이 죽지는 않았다. 하물며 살인자와 피해자가 누구인지는 더 놀라웠다. 마르지오와 안와르 사닷은 누가 뭐래도 오랜 세월 부자처럼 지내온 사이였다. 제아무리 마르지오가 사람을 죽이고 싶어 안달이 났다 한들, 안와르 사닷이라는 작자가 혐오스러운 인간이라 한들, 그 두 사람 사이에 그런 끔찍한 비극이 벌어지리라고 생각할 사람은 아무도 없었다.

물어뜯긴 목과 부글부글 흘러내리는 피, 황망한 표정으로 비틀거리는 소년, 뭐라도 잡아먹은 들개 주둥이마냥 시뻘건 그 애의 입술과 이빨, 생각만 해도 몸서리치는 이런 장면을 상상하며 속절없이 시간이 흘렀다. 신앙심 깊은 키야이 자로마

저 기도할 생각조차 하지 못했고 사드라 소령은 입을 쓰윽 닦는 것조차 잊고 알아들을 수 없는 말을 중얼거렸다. 마 소마는 그렇게 서 있기 피곤해져서 자전거를 돌리며 서두르라고 신호를 보냈다. 세 사람은 서둘러 출발했다. 그러나 아까보다 더 허둥지둥하는 폼이 마치 아직 일어나지 않은 살인을 막으러 가는 사람들 같았다.

사드라의 말은 사실이었다. 그는 모스크에서 낮 기도를 마치고 사롱* 차림으로 집에 가다가 소년이 방범초소 옆 움막에서 일본도를 들고 가는 것을 보았다. 이제 와서 사람들은 그 칼이 마르지오가 오래전부터 누구를 죽일 작정이었던 증거라고 했다. 방범초소는 마을 한가운데 문 닫은 벽돌 공장 맞은편에 있었다. 터벅터벅 걷는 마르지오의 손에 들린 일본도는 거의 땅에 끌릴 것 같았다. 잠시 후 나무의자에 앉는데 칼이 덜그럭거리며 낡은 나무북을 치는 소리가 났다. 그 꼴을 본 사람이 여럿이었지만 아무도 신경 쓰지 않았다. 그 칼은 너무 낡은 데다 녹이 슬어서 닭 모가지도 자르지 못하고 그저 아프게만 할 터였다.

전쟁이 끝난 지 수십 년이 지났지만 일본군이 버리고 간 칼은 아직 많았다. 사람들은 장식 겸 부적으로 일본도를 간직했지만 이 고장의 소금기 가득한 공기에 칼은 녹슬고 망가졌다. 사드라 소령은 그렇게 기억했다. 마르지오는 그 칼을 쓰레기

---

* 긴 천을 치마처럼 둘러 입는 하의. 동남아시아 전역에서 남녀 모두 두루두루 입는다.

더미나 벽돌 공장 어디선가 찾아냈으리라. 사드라 소령은 그 꼴을 보고 아무리 고철이라 해도 그 물건이 일본도라는 사실을 무시할 수 없었다. 물론 그 애가 그렇게 잔인하게 안와르 사닷의 목숨을 끊어놓을 줄은 꿈에도 생각지 못했다. 이웃에 사는 사람 누구도 그 두 사람 사이에 무슨 문제가 있다고 눈치채지 못했다.

그래도 사드라 소령이 칼을 빼앗으려 한 까닭은 마르지오가 술을 마시고 취해서 싸움이라도 벌일까 싶어서였다. 그 애는 술을 좋아했고 그 때문에 자잘한 실수를 수없이 저질렀다. 그 낡아빠진 칼로 사람을 죽일 수야 없겠지만 취해서 이웃집 개라도 내리쳤다가 성난 이웃이 돌이라도 던지면 일이 복잡해진다. 거기다 어젯밤 공설운동장에서 열린 자무 회사의 영화 상영에는 인파가 몰려들었고 그런 일이 있으면 젊은 애들은 팬히 패싸움이라도 벌이고 싶어지지 않던가. 그런 행사가 있으면 젊은 애들은 그 다음날은 물론이고 며칠씩 들썩거렸다. 어쨌거나 사드라에게는 무용지물이라 해도 그 칼이 길 한복판을 돌아다니는 것을 용납할 수 없는 이유가 너무 많았다.

"왜요?"

마르지오가 칼을 내주기 싫은 표정으로 물었다.

"보세요. 아무짝에도 쓸모없는 고철 쪼가리인걸요."

"하지만 마음만 먹으면 사람을 죽일 수도 있단다."

"그러려고 가져가는 건데요."

마르지오가 분명 사람을 죽이겠다고 하는데도 소령은 무심히 들어 넘겼다. 소령은 아이를 구슬리다가 결국은 군사령부

로 끌고 간다고 겁을 줘서야 칼을 빼앗다. 칼은 집으로 들고
와 집 뒤쪽 개장 위에 던져두었다.

오후 내내 일본도 사건은 까맣게 잊었고 앞으로 무슨 일이
일어날지는 짐작도 하지 못했다. 그렇게 무심해진 것은 나이
탓이리라. 이제 와서 소령은 그 쓸모없는 일본도를 빼앗은 일
을 후회했다. 그 허술한 무기가 마르지오의 손에 있었다면 안
와르 사닷은 아직 살아 있을지도 모른다. 그런 칼로는 제아무
리 여러 번 목을 찔렀다 한들 멍이 들고 뼈가 부러지기만 할 뿐
이니까. 그제야 소령은 마르지오가 안와르 사닷을 끌어안고
목을 물어뜯는 장면이 떠올라 몸을 부르르 떨었다.

그날 오후 늦게 소령은 젊은 애들에게 내일 아침에는 평소
처럼 돼지 사냥을 갈 테니 집에 가서 쉬고 정 재미를 보고 싶
으면 여자나 만나라고 했다. 청년들은 사냥철이면 토요일 밤
에도 술에 취하는 법이 없었다. 그랬다가는 사냥에 못 낄지도
모를 일이고 낀다 해도 멧돼지 엄니에 받힐지도 모른다. 그래
서 차라리 노는 여자애들을 데리고 바닷가로 몰려가거나, 귤
한 봉지를 들고 수줍은 미소를 지으며 참한 여자애들 집에 찾
아갔다. 그리고 시키는 대로 밤 10시 전에 집에 가서 곧장 자고
새벽 기도를 알리기도 전에 일어났다. 망할 자식, 사드라 소령
은 마르지오를 생각하니 욕이 나왔다. 가서 푹 쉬고 내일 돼지
사냥 준비나 하라고 일러놨더니, 돼지같이 뒤룩뒤룩한 안와르
사닷을 죽여 놓았다.

사드라는 현역 시절부터 친구들과 돼지 사냥을 즐겼다. 안
와르 사닷도 추수가 끝나 농토를 놀리는 시기가 오기를 애타

27

게 기다리던 사람 중에 하나였다. 몸소 투창을 날리거나 산자락을 뛰어다니지는 않았지만 늘 사냥꾼들을 태울 트럭과 계란 프라이를 얹은 도시락을 준비해주었다. 그들은 1년에 세 번 날씨 좋은 일요일을 골라 사냥에 나섰다. 사냥을 나가지 않을 때는 들개들을 길들이며 돼지를 쫓도록 훈련시켰다.

요즘 소령을 따라다니는 사냥꾼 중에서는 마르지오가 최고였다. 등에는 돼지한테 받힌 흉터가 있지만, 친구들은 얼마나 많은 돼지가 그의 투창에 무릎을 꿇었으며 구덩이로 끌려가거나 산 채로 잡혔는지 너무 잘 알았다. 사냥꾼들은 죽은 돼지에는 관심이 없어서 성난 돼지가 덤벼들어도 죽이지 않았다. 사냥철이 끝나면 사람들을 모아놓고 생포한 돼지와 들개들을 싸움 붙여야 하기 때문이었다. 이 멍청한 짐승을 잡는 철이 오면 마르지오는 몰이꾼이 되어 쏜살같이 날아가 창을 날렸다. 돼지 곁에 바짝 붙어서 나란히 달리는 그 일은 아무나 할 수 없었기에 마르지오는 존경과 감탄의 대상이 됐다.

몇 주 전 마르지오가 사라졌다는 소식을 듣고 사드라는 이만저만 낙담한 게 아니었다. 아무도 그 애가 어디로 갔는지 몰랐다. 가끔씩 사라져서 어부들과 그물을 끌거나 가오리를 잡는 일이 몇 번 있었던지라, 친구들이 바닷가를 뒤져보았지만 허사였다. 결국 사람들은 2주 전 운동장에 천막을 쳤던 서커스 단을 따라간 게 분명하다고 결론 내렸다. 그 소식에 사나운 들개들을 데리고 사냥할 준비를 마친 소령은 하늘이 무너지는 것 같은 심정이었다. 어느 누구도 마르지오를 대신할 수 없었다. 지난 주말에 있었던 첫 사냥은 실망스러웠다. 들개들의 활

약에 힘입어 겨우 돼지 두 마리를 잡았을 뿐이었다. 그리고 바로 그날 마르지오의 아비가 죽었다는 소식이 들려왔다.

아비의 이름은 코마르 빈 슈엡이었다. 아비가 죽자 사라졌던 아들이 돌아왔다. 사냥을 망쳐 속이 쓰렸던 사드라 소령만큼 마르지오의 귀환을 기뻐한 사람은 없었다. 그래도 차마 상중인 마르지오를 일요일 사냥에 부르지는 못했다. 그런데 마르지오가 제 발로 나타났다. 꽥꽥대는 돼지 두 마리는 우리에 신고 서로 으르렁대는 들개들을 가죽 끈으로 묶어놓은 트럭에서 사냥꾼들이 내리는데, 그가 동무들에게 손을 흔들어 보였다. 아직 죽은 아비를 묻기도 전이었다.

장례가 끝나고 얼마 지나지 않아 마르지오가 집으로 소령을 찾아왔다. 마르지오는 뒷마당의 사냥개들을 사랑스럽게 쓰다듬었다. 쪼그려 앉아 한 마리씩 어루만지고 귀지를 닦아주는데, 개들이 바짓단과 슬리퍼를 물어뜯어도 개의치 않았다. 얼굴에 슬픈 기색이라고는 없었다. 오히려 요행으로 큰돈이라도 만진 사람처럼 신이 나서 어쩔 줄 모르는 표정이었다.

사드라 소령은 소년과 아비의 불화를 오래전부터 잘 알고 있었다. 그 애는 아비가 죽기를 바랐을지도 모른다. 소령은 소년의 가족이 이 마을에 처음 왔을 때부터 알고 지냈다. 그때만 해도 마르지오는 아직 가방에 공깃돌을 넣고 다니며 동네 아이들에게 같이 놀자고 조르던 코찔찔이 어린애였다. 소령은 마르지오의 아비도 잘 알았다. 그가 별것 아닌 일에 아들을 죽도록 패는 모습도 자주 봤다. 이제 그런 아비가 저세상으로 가서인가, 소령은 이 재간둥이의 얼굴에 감출 수 없는 기쁨이 번지는 것을 알아보았다. 마르지오는 소령을 보더니 망설이는 기색도 없이 다음주에 사냥이 있는지 물었다. 점심은 제가 챙겨올 것이고 몰이꾼이 아니라도 괜찮다고 했다.

물론 소령은 원래 하던 몰이꾼 역할을 맡아도 좋다고 했다.

하지만 이제 마르지오가 일요일 사냥에 가지 못할 게 분명해졌다. 망할 놈 같으니, 사드라 소령은 생각했다. 아까 사룽 차림에 낡은 일본도를 어깨에 메고 전쟁으로 얼룩진 칼리프 시대의 전사가 된 기분으로 걸을 때만 해도, 마르지오가 싸움에 끼어들 줄은 꿈에도 몰랐다. 사내애들이란 술이 취했건 아니건 걸핏하면 싸워댄다. 당둣* 공연장에서 몸이 부딪혔다고, 영화관에서 앞사람 머리통이 화면을 가린다고, 제가 좋아하는 여자애가 다른 사내랑 걷는다고, 그런 사소한 일들로 주먹을 날렸다. 이제 전쟁이란 군인들만의 일이 되어버린, 공화국 역사상 가장 평화로운 시절을 살아가면서 사내애들은 무모해져만 갔다. 이런 싸움을 말리는 일이야말로 사드라가 현역으로 이 도시의 사령관이던 시절 가장 많이 하던 일이었다. 그러나 마르지오는 한 주먹 하면서도 이런 싸움에 말려드는 법이 없었다.

집에 마음을 붙이지 못해서 침울할 때가 많았지만 몸가짐이 단정하고 정 많은 아이였다. 그런 싸움질에 시간을 허비할 바보는 아니었다. 낮에는 이런저런 일을 해서 담뱃값과 술값

---

* 인도네시아 대중음악 장르. 하층계급 남성들에게 인기 있으며 빠른 리듬에 선정적인 몸짓의 춤이 특징이다.

을 벌었다. 우울해 보이기는 해도 상냥한 애였다. 다들 그 애가 아비라면 치를 떠는 것을 알았고 어쩌면 아비 숨을 끊어놓을 수도 있겠다고 생각했지만, 코마르 빈 슈엡이 죽는 날까지 그런 시늉도 하지 않았다. 정말이지 행실에 흠 잡을 데가 없는 아이였다. 그래서 사드라는 마르지오가 사람을 죽였다는 말을 믿을 수가 없었다.

말썽을 부릴 아이가 아니라고 너무 믿었던 나머지 낮에 마르지오가 사람을 죽이겠다고 한 것도 까맣게 잊어버렸다. 해질녘이 되자 사드라는 도살장에서 받아온 닭 내장을 튀겨 사냥개들에게 먹이로 주고는 제 혼다70에 올랐다. 그 오토바이는 몇 년 전 경찰서장이 등록증도 번호판도 없이 내준 것이지만 아직 한 번도 경찰에게 잡혀본 적이 없었다. 경찰이 압수한 장물이었는데 임자가 나타나지 않자 가져가라고 했다. 사실 압수한 오토바이는 많아서 경찰서장은 최신 모델을 가져가라고 했지만 사드라는 전부터 좋아하던 혼다70을 골랐다. 걸핏하면 주저앉는 데다 탈곡기처럼 요란한 소리를 내지만 그는 그런 구식 모델이 좋았다.

헬멧도 안 쓰고 슬리퍼 차림으로 오토바이에 올랐다. 시내를 돌아 플랜테이션을 가로질러 논과 해변으로 향했다. 해질녘 바람과 풍경을 즐기며 길가에 지나가는 사람들에게 아는 척을 했다. 정비소에 들러 오토바이를 손보기도 하고 와룽(노점)에서 커피를 한 잔 마시고는 파이프에 담배를 피워 물고 오토바이가 주저앉을 때까지 달렸다. 키야이 자로를 보러 잠시 양어장에 들렀을 뿐인데 마 소마가 전해온 소식 탓에 그날의

31

소풍은 그렇게 끝나고 말았다.

사드라 소령은 야자수 아래 기대둔 오토바이로 달려가 시동을 걸었다. 혼다는 한 번 만에 시동이 걸리는 법이 없었다. 몇 번이나 시도했지만 계속 실패하다가 결국 양철북을 두드리는 듯 요란한 소리가 나며 간신히 시동이 걸렸다. 키야이 자로에게 빨리 뒤에 올라타라고 하긴 했지만 엔진이 주저앉을까 걱정이었다. 자로는 배수로에서 손발을 씻고, 남은 겨를 양어장에 던져주고는 뒷자리에 올라탔다. 어젯밤 폭우에 여기저기 파이고 진흙탕인 길을 달리자니 오토바이는 열병 걸린 당나귀보다 심하게 덜덜거렸다. 낡은 기계가 두 사내의 무게를 감당하지 못하자 바닥에 발을 내려 힘을 보태주어야 했다. 공설운동장 근처에 이르러 평평하고 반듯한 길이 나오자 오토바이는 속력을 조금씩 내기 시작했다. 바로 뒤에 마 소마가 고물 자전거를 타고 따라왔다.

"그 애가 한 나쁜 짓이라고는 닭 훔친 것밖에 없어. 그마저도 제 애비 닭이었고." 자로가 말했다.

모르는 사람이 없는 일이었다. 동네 사람들은 마르지오가 아비에게 화풀이를 하려고 닭을 훔치는 것을 잘 알았다. "그놈 속에 무슨 생각이 들어서 사람 목을 물어뜯을 생각을 했는지 알 수가 없네." 사드라 소령이 말했다.

안와르 사닷은 갈색 바틱* 천 아래 꼼짝 않고 누워 있었다.

---

* 천에 왁스를 입혀 문양을 만드는 직물 제조 기법.

늘 환하던 그 집 거실은 용서할 수 없는 슬픔과 여자들의 곡소리로 어둡기만 했다. 시신을 덮은 천은 몸의 굴곡을 따라 붉게 물들었고 아직도 바닥에는 검붉게 엉킨 피가 흘렀다. 아무도 감히 죽은 자와 산 자를 갈라놓은 그 천을 들춰볼 엄두를 내지 못했다. 찢기고 벌어진 상처가 어떤 귀신보다 끔찍할 것이 분명했다. 상상만으로도 구역질이 나면서 시체에서 한 발짝 물러서게 했다.

경찰관 둘이 순찰차를 타고 나타났다. 사이렌 소리가 멎고 나서도 순찰차 위 빨간 등이 번쩍이며 돌아갔다. 아주 잠시나마 그 천을 들춰본 유일한 사람은 그 두 경찰관이었다. 둘은 나오는 길에 문가에 잠시 멍하니 섰다. 경찰이 남아 있어야 할 까닭은 없었지만 두 사람은 사건의 중요한 일부가 된 것 같은 느낌이었다. 안와르 사닷의 아내는 어쨌거나 검시는 하지 않겠다고 했다. 그도 그럴 것이 남편이 어떻게 죽었는지 누가 죽였는지 모르는 사람이 없으니 말이다. 안와르 사닷에게 필요한 것은 검시가 아니라 예법대로 염을 하고 상처에 솜을 넣어 꿰맨 후 기도해주고 곧바로 매장하는 일이었다.

그러나 돌아가는 꼴이 다음날 아침까지는 매장을 못할 듯했다. 다른 도시에서 대학에 다니는 막내딸 마하라니가 내일 새벽 전에 도착할 수 있을 리 만무했다. 그 애는 바로 전날 밤까지만 해도 집에 있었던지라 일은 더 얄궂다. 긴 연휴를 맞아 일주일 내내 집에 있다가 바로 그날 아침에야 돌아간 것이다. 사람들은 마하라니의 하숙집에 소식이 전해지는 장면을 상상해보았다. 그 불쌍한 아이는 피곤한 몸으로 짐을 풀다가,

다시 짐을 싸들고 아니면 다 내팽개치고 눈물을 줄줄 흘리며 어젯밤만 해도 멀쩡했던 아버지가 죽었다니 무슨 일인지 황망해할 것이다. 안와르 사닷이 살해당했다고는 일러주지 않고 그저 아버지가 돌아가셨다는 짧은 소식만 남겼다. 지금쯤 마하라니는 허겁지겁 다음 기차나 버스를 잡아타러 나섰을 게다.

상갓집 마당에 여자들이 모여들어 저마다 아는 이야기를 낮은 목소리로 풀어놓았다. 넓은 마당에는 야자수 다섯 그루와 괭이밥나무가 보기 좋게 심어져 있었다. 괭이밥나무 가지에는 폐타이어로 만든 그네를 매놓았는데 어린애들이 타고 놀기 좋아했다. 길가 쪽에는 커다란 플람보얀나무가 빨간 꽃잎을, 카펫처럼 곱게 깔린 일본 잔디 위에 흩뿌려 놓았다. 그 자리는 어린애들이 뒹굴며 놀고 칠면조 떼가 노니는 곳이었다. 양쪽 귀퉁이의 연못에는 통통한 금붕어와 연꽃과 작은 샘이 있었다. 연못 가장자리와 한복판에는 반쯤 벗고 빨래하는 여자며 수영하는 어린애 같은 돌로 된 조각상이 여럿 있었다. 모두 솜씨 좋은 안와르 사닷이 손수 깎은 것이었다.

집 앞에 걸린 남근 모양의 나무북 또한 이웃들이 잘 아는 그의 작품 중 하나다. 손님이 오면 두드리라고 걸어둔 것이다. 오래전 안와르 사닷은 예술학교를 졸업하고 이 고장에 나타났다. 바닷가에서 그림을 그려 팔다가 결혼도 하고 이곳에 정착했다. 라덴 살레*의 추종자를 자처하며 그 위대한 화가의 작품

---

* Raden Saleh(1811~1880). 인도네시아 최초의 근대 화가이자 근대 미술의 선구자로 여겨진다.

을 모사해서 제집에 걸어두었다. 그중에는 그 유명한 호랑이와 들소의 싸움 장면을 부끄러운 줄 모르고 고대로 베낀 것도 있었다. 그는 예술가로서 제 이름이 고작 집 주변을 넘어서지 못하는 것에 아무 불만이 없었다.

그는 산파 일을 배우던 여자와 결혼했다. 언젠가 여자가 그를 찾아와 초상화를 그려달라고 했는데, 그는 초상화 속의 여자를 실물보다 훨씬 아름답게 그려주었다. 그 탓에 여자는 화가에게 반해버렸고 화가는 여자에게 상처를 주고 싶지 않아 곧 결혼했는데, 알고 보니 여자는 부잣집 딸이었다. 그 후로 그는 병원에서 산파로 일하는 아내의 유산을 관리했고, 예술가로서 명성을 쌓는 일에는 흥미를 잃었다. 하지만 여전히 그림도 그리고 조각도 했다. 그래봐야 라덴 살레의 대작을 따라 그린 모작 아니면 아는 사람들의 초상화가 다였다. 사드라 소령의 초상화도 있었지만 대부분은 예쁘장한 여자들이 모델이었다.

직업 화가를 그만둔 후로 그는 넘쳐나는 시간을 주체할 수 없었다. 사드라 소령과 장기를 두거나, 축구 클럽을 후원하거나, 여자들을 쫓아다녔다. 특히 마지막 일에는 그림 그리기보다 더 열성이었다. 과부는 말할 것도 없고 유부녀라도 승낙만 하면 만나서 동침하기를 일삼았다. 모르는 사람이 없는 일이었다. 이웃의 혀는 깃털처럼 가벼웠다. 그러나 그런 행실에도 그의 평판은 나빠지지 않았다. 동네 행사가 있으면 그에게 가장 긴 발언을 청했고 또 그럴 때마다 그는 제법 재치 있는 입담을 자랑했다. 붙임성도 좋고 넉살도 좋아 다들 그를 용서했다.

또한 털어보면 그보다 행실이 반듯한 사내가 몇 없기도 했다.

그날 아침만 해도 아무도 저승사자가 그의 어깨에 올라탄 것을 보지 못했다. 저승사자 따위는 본 적도 없다는 듯 안와르 사닷은 신이 나 있었다. 여느 날처럼 아침을 먹으러 스라비* 노점에 가, 학교종이 칠까 불안에 떨며 먹을 것을 집어먹는 교복 차림의 10대 아이들과 자리싸움을 벌였다. 거기 있던 사람이라면 누구라도 그가 템페 튀김과 스라비를 입에 문 채 내뱉던 농담을 들었다. 노점상이 반죽을 번철에 붓고 기름솥에 튀김을 집어넣는 동안 그는 검게 그을린 곤로 앞 작은 의자에 앉아서, 교복 입은 계집애들의 뺨에 입을 맞추려 들었다. 계집애들은 소리를 지르고 화를 내며 중늙은이를 피해 다른 쪽으로 물러섰다.

모두 하얀 반바지에 ABC보석상 상호가 적힌 러닝셔츠를 입은 그를 똑똑히 기억했다. 나이가 들어 몸이 불어난 데다 운동 부족으로 체력도 시원치 않았지만, 제 연장은 쇠뿔처럼 단단하다며 넘치는 욕정을 감추지 않았다. 그날 아침에는 막내딸을 걱정하며 유난히 말이 더 많았다. 막내는 휴일이 남았는데도 아무 이유 없이 돌아가겠다며 배웅도 마다하고 혼자 가방을 들고 버스터미널로 갔다.

전날 밤 공설운동장에서 영화를 보러 갔다 온 후로 막내는 입을 다물었다. 저녁밥도 안 먹고 평소처럼 거실에 나와 텔레

---

* 쌀가루와 코코넛밀크로 만드는 인도네시아식 팬케이크.

비전을 보지도 않았다. 즐겨 듣던 라디오 소리도 밤새 들리지 않았다. 화장실도 안 가는지 방 밖으로 한 발짝도 나오지 않았다. 신앙심 깊은 막내가 새벽 기도마저 드리지 않자 안와르 사닷은 어리둥절해졌다. 아침이 되자 막내는 밖으로 나왔지만 여전히 입을 꾹 다문 채였고 눈에는 눈물이 가득했다. 안와르 사닷은 영문을 몰랐지만 딸에게 뭐라고 했다가는 폭발해버릴까 겁이 났다. 자기가 뭐 잘못한 것이라도 있는지 불안하고 초조해졌다. 막내는 수건을 들고 아비 앞을 휙 지나 욕실로 들어갔다. 금세 밖으로 나오는 것이 평소 같지가 않았다. 방에 들어가서는 꾸미지 않아도 예쁜 줄 안다는 듯 대강 거울만 봤다. 그리고 아침도 안 먹고 가방을 들고 나와 불쑥 말했다. "가볼게요."

돌이켜보면 막내의 서글픈 눈빛과 침울한 얼굴은 그날 오후에 아비가 죽는다는 신호였는지도 모른다. 그러나 막내는 아직 부녀가 만날 시간은 물처럼 많기라도 한 듯 혼자 가겠다고 우기며 아비를 두고 길을 나섰다. 스라비 노점에서 그는 막내딸 흉보기를 멈추지 못했다. 하지만 사실은 마하라니에게 화가 나서가 아니라 딸 자랑을 하려는 핑계에 가까웠다.

안와르 사닷에게는 딸이 셋 있었다. 셋 다 아직은 아내와 침대에서 뜨겁던 결혼 초에 태어났다. 몇 해가 지나자 사람들은 아내의 이름 카시아는 잊어버리고 그저 산파댁이라고 불렀다. 안와르 사닷은 다행히 밖에서 자식을 보지는 않았다. 사생아란 어미보다는 아비 쪽 가족에게 재앙이 아니던가. 딸들은 아비의 주체할 수 없는 바람기와 빼어난 용모를 고대로 물려받았다.

안와르 사닷은 젊어서는 잘생긴 얼굴로 여러 여자를 울렸고, 늙어서 살이 찌고 머리가 빠지고도 여전히 봐줄 만해서 여자가 끊이지 않았다. 그의 잘생긴 외모는 아내의 외모와 놀라우리만치 대비됐다. 카시아는 앵무새 부리 같은 코와 두툼한 턱에 부잣집 딸 특유의 차가운 태도까지 더해져 공주보다는 마녀에 가까웠다. 아주 추물은 아니었지만 남자들이 끌릴 만한 여자는 아니었다. 사람들은 실패한 예술가가 돈만 보고 결혼해 처갓집 돈으로 다른 여자들과 놀아난다고, 아내는 그런 사정을 다 알면서도 밖에서 애만 데려오지 않으면 상관도 안 한다고들 수군댔다.

큰딸 라일라는 아버지의 바람기와 헤픈 기질을 고대로 물려받았다. 예쁘장한 얼굴에 가슴은 봉긋하고 살결은 치즈 속처럼 맑고 촉촉하며 태도는 자못 도도했다. 열여섯 살이 되자 또래 중에서도 눈에 띄게 굴곡 있는 몸매가 됐고 남학생들은 물론이고 선생들까지 눈독을 들였다. 그러던 어느 날 안와르 사닷은 큰딸이 애를 밴 것을 알았다. 학교에서 알면 당장 퇴학당할 처지지만 아내는 눈곱만치도 신경 쓰지 않았다. 그는 미친 사람처럼 무당을 찾아가 배 속의 아이를 없애달라고 했다. 딸이 졸업하자마자 애 아버지라는 소문이 있는 동급생과 결혼시켰다. 그러나 이틀 후 새신랑은 새신부가 다른 남자와 침대에 있는 것을 발견했다.

그 사건은 이 도시에서 가장 요란한 추문이었다. 안와르 사닷은 누가 그 일을 입에 올리기만 해도 얼굴이 시뻘개졌고, 카

38

시아는 친척 집으로 도망가 며칠 동안 보이지 않았다. 그날 이후 새신랑도 불륜남도 라일라를 포기했다. 사람들은 라일라를 '과수댁'이라 부르고 그 애가 지나가면 "헤픈 여자"라고 수군거렸다.

세 딸 중 제일 예쁜 둘째딸 마에사 데위는 언니와는 딴판이었다. 언니처럼 몸매가 육감적이지도 않았고 놀라울 만치 차분한 품성이었다. 아비에게는 찾아볼래야 찾아볼 수 없는 예의범절이 몸에 배어 한 치도 어긋남이 없었다. 학교에서는 공부를 잘한다고 칭찬이 자자했는데 큰딸은 한 번도 들어본 적 없는 소리였다. 안와르 사닷은 남아 있던 한 줌의 도덕 덕분인지, 맏이와 달리 제 방탕한 기질을 닮지 않은 둘째딸을 아끼고 사랑했다. 둘째는 빼어난 성적으로 학교를 마쳤고 사람들은 그 애는 처녀가 분명하다고 믿었다. 아비는 둘째를 대학에 보내기로 했다. 유학 자금은 아내를 졸라 땅을 팔아서 마련했다. 카시아는 세 딸 중 어느 하나도 쓸 만하지 않다고 생각했지만 남편의 성화를 이길 수 없었다. 그러나 1년 후 아끼던 둘째딸은 졸업장이 아니라 갓난애와 백수 애인을 달고 돌아왔다. 데려온 남자와 바로 결혼한지라 이번에는 아무도 "헤픈 여자"라고 수군거리지는 않았다. 둘째는 남편에게 충실한 듯했다. 그러나 큰딸과 둘째딸의 소문만으로도 점잖은 사람들은 그 집의 세 딸은 모두 행실이 엉망이라고 혀를 찼다. 그래서 막내에 대해 잘 알지도 못하면서 언젠가 그 애도 애를 안고 돌아올 것이라고들 했다.

스라비 노점에서 안와르 사닷은 막내딸 이야기를 멈추지

못했다. 막내가 집에 가져온 작은 선물을 자랑했다. 아버지에게는 작은 주머니칼을, 어머니에게는 곱슬머리를 빗기에 좋은 큰 빗을, 어린 조카에게는 오르골을 가져다주었다. 거기 있는 사람들 중 몇몇은 이미 마하라니에게 직접 그 이야기를 들었는데도 개의치 않고 그는 막내딸이 해준 우스갯소리를 반복했다. 카시아는 이 주책을 말리려 갖은 애를 썼고 위의 두 딸은 활활 타오르는 질투심을 감추지 못했다. 하지만 마르지오가 이 모두를 끝장내버렸다.

이제 안와르 사닷은 죽어서 제 무덤이 파지기를, 상여가 닦여지기를, 무엇보다 막내딸이 돌아와 끔찍한 상처를 보고 어미와 두 언니의 곡소리를 합친 것보다 더 서럽게 울어주기를 기다리는 중이다. 카시아는 평소와 달리 정신이 나간 채 헝클어진 머리로 꿇어앉아 무릎에 놓인 천 귀퉁이를 씹고 있었다. 왜 그 옷감을 가져왔는지 모를 일이었다. 그도 죽음의 늪에 빠져들 작정이었던가. 그 옆에서 '과수댁' 라일라가 어미를 위로해보지만 별 소용이 없었다. 라일라 자신도 방금 기절했다가 누가 얼굴에 물을 뿌려주고 나서야 정신을 차렸다. 제일 정신이 나간 것은 마에사 데위였다. 거의 떨어져나간 아비의 머리통을 처음으로 본 사람이었던 탓이다. 마에사 데위는 배 속에서 물이라도 끓는 듯 애절하게 울어대며 제 아기를 꼭 끌어안았다. 아기의 울음소리도 어미의 곡소리만큼이나 애끓었다.

거기에 여자 문상객들이 내는 나지막한 곡소리가 더해졌다. 서로 높낮이가 다른 울음소리가 어우러지면서 누가 제일 요란하게 울어야 할지 일러주는 듯했다. 이 여자들은 아무도 시체를 제대로 보지 못했다. 마 소마가 모스크 주변을 돌다가 시체를 발견하고 현장에서 이리로 데려다놓았던 것이다. 그는 안와르 사닷의 작업실에서 망자가 직접 디자인한 바틱 천을 찾아내 덮어주었다. 망자는 그 천으로 제 시체를 덮게 될 줄은 꿈에도 몰랐을 것이다. 자로와 사드라가 도착하자 거기 있던 사람들은 모두 자비로운 도움을 간청하는 눈빛으로 그들을 쳐다보았다. 자로는 안와르 사닷의 아내와 친척지간이기도 한지라 바로 장례를 관장하게 됐다.

자로와 사드라는 바틱 천을 덮은 채로 시신을 집 안에서 앞마당으로 옮겼다. 옮긴 자리를 따라 검붉은 핏자국이 생겼다. 80킬로그램은 나가겠군. 사드라 소령은 이만 한 멧돼지라면 들개가 순식간에 찢어발겨 놓았으리라 생각했다. 시신은 우물 옆 평상에 올려두었다. 마 소마가 수건과 유황비누, 세숫대야에 담은 물, 꽃잎, 붕사를 준비했다. 거기서 키야이는 놀라지 않으려고 아주 천천히 바틱 천을 들추기 시작했다. 이제 여러 사내가 지켜보는 가운데 비밀이 벗겨졌다. 키야이의 입에서 '이스티스파' 하고 알라에게 용서를 비는 기도가 절로 나왔다. 다른 사내들도 창백한 목의 참혹한 상처를 보면서 우물우물 기도를 따라 했다. 아직도 피가 거품을 내면서 흘러내리고 있었다. 끔찍한 광경이었다. 이렇게 무시무시한 악몽도 없을 것이다. 사내 중 몇은 고개를 돌려버렸다.

사드라는 아이처럼 호기심이 발동해 마르지오가 무슨 짓을 했는지 더 알아내겠다는 심산으로 시체를 이리저리 살펴보았다. 목의 동맥이 잘려나가 고장 난 라디오의 전선처럼 달랑거리고 있었다. 생각했던 것보다 훨씬 심하군, 백정이 제 할 일을 하다 만 듯 목이 두 동강 나다 만 것을 보며 그는 생각했다.

"태어난 지 이레밖에 안 된 여동생이 죽고 아비도 며칠 전에 죽었지. 그래서 그 애가 정신이 나간 모양이야." 키야이가 말했다.

"무슨 연유건 간에 사람을 이렇게 물어뜯다니 미친 게지." 사드라가 말했다.

날이 저물고 서늘한 기운이 돌기 시작했다. 사드라 소령은 멀리서 제 들개들이 울부짖는 소리를 들었다. 개장에 넣어달라는 것이거나 저녁 공기 중에 도는 피 냄새를 맡고 날뛰는 것이리라. 날이 어두워지기 전 키야이는 사내들에게 물을 몇 양동이 가져다달라고 했다. 물을 긷느라 펌프 소리가 요란했다. 마 소마가 잠시 사라졌다가 솜뭉치가 든 자루를 들고 나타났다. 키야이 자로는 손수 상처를 씻어내렸다. 이 무시무시한 상처가 어린애의 찰과상쯤 되는 것처럼, 그는 아직도 흘러내리는 피를 멈출 수 있다고 생각하며 엄숙하게 입속으로는 기도를 멈추지 않았다. 사드라는 참혹했던 게릴라전을 겪으며 온갖 끔찍한 시체를 다 봐왔지만, 키야이의 저 흔들림 없는 태도에는 경외감이 들었다. 사드라라면 어차피 땅에 묻히면 다 똑같이 썩을 텐데 시체는 그냥 묻자고 할 것 같았다.

키야이는 여전히 솜을 뜯어 상처를 꼭꼭 누르며 손을 재바르게 움직였다. 솜은 금방 붉게 물들었다. 키야이가 상처를 잘여며 닫고 모슬린 천으로 가리자 이제 상처는 산 사람에게 난 작은 상처처럼 보였다. 그가 상처를 돌보는 동안 다른 사내들

이 옷을 벗기고 몸을 닦고 꽃향내를 뿌려주었다. 시신에서 훅
하고 붕사 냄새가 났다.

마 소마가 모스크에서 수의를 가져오자 사내들은 그 자리
에서 바로 시신에 수의를 입혔다.

키야이 자로가 입을 열었다. 밤새 벌거벗은 채로 둬서는 안
될 말이지. 마하라니가 아버지 얼굴을 보고 싶다고 하면 수의
위쪽을 풀어주면 된다네. 하지만 아버지 상태가 어떤지 안다
면 보지 않겠다고 할지도 모르지. 그 애 엄마랑 언니들은 며칠
동안 밥을 못 먹고 평생 악몽에 시달릴지도 몰라.

하늘에서 어둠이 내려오면서 공기는 차고 사방은 고요해졌
다. 사람들은 서둘러 시신을 모스크로 옮겼다. 먼저 늘 하는 저
녁 마그립* 기도를 마치고 장례를 치를 준비를 했다. 날은 점점
더 어두워졌다.

안와르 사닷은 여자를 유난히 밝혔지만 모스크에는 꼬박
꼬박 나갔다. 바쁜 와중에도 하루 다섯 번 하는 기도를 빠뜨리
지 않았다. 기도 시간이 되면 북을 치고 아잔**을 암송하는 것
도 보통 그의 몫이었다. 그러나 아무도 그를 이맘으로 여기지
는 않았다. 그의 이런 종교적인 습벽은 처가 쪽 친척의 대부분
이 하지***거나 키야이로 모스크 활동에 열심인 데서 비롯했다.
또 다른 까닭은 그가 그림을 팔러 이곳에 오기 몇 년 전 장인이

---

* 하루 다섯 번 하는 무슬림의 기도 중 해질녘에 하는 네 번째 기도.
** 이슬람교에서 기도와 예배시간을 알릴 때 암송하는 구절.
*** 메카에 성지순례를 다녀온 자에게 붙이는 호칭.

이 땅에 모스크를 지었기 때문에 그에 따른 책임감 탓일 수도 있었다. 그러나 이런저런 이유로 그가 신과 가깝다고 믿는 사람은 아무도 없었다.

살인 사건은 정확히 오후 4시 10분에 벌어졌다. 꼭 10분 전에 마르지오는 다른 친구들과 있었고 꼭 10분 후에 처참한 몰골로 돌아왔기 때문이다. 친구들은 공설운동장에서 비둘기 경주를 구경하던 중이라 주변은 함성과 휘파람 소리로 시끌벅적했다. 아이들은 제 비둘기를 가져와 경주를 벌였다. 비둘기는 마을 경계를 넘어가면 돌아오지 않기 때문에 공설운동장의 한편만 열어두고 반대편에 한 아이가 암비둘기를 손에 들고 다른 비둘기들을 쫓아오게 했다. 최고의 비둘기들은 이웃 마을에서 날아왔다. 달리는 오토바이 택시를 따라 낮은 구름에 닿을 만치 높이 날아와 암컷이 보이면 급히 내려앉았다. 살인 사건이 일어나기 10분 전 마르지오는 거기 풀밭 위에 누워 하늘을 쳐다보았다.

라일라도 거기 있다가 마르지오와 잠시 얘기를 하기도 했다. 그는 마하라니가 그렇게 급히 돌아간 데는 마르지오와 무슨 연관이 있다고 생각했다. 마하라니와 마르지오는 그 주 내내 매일 만나지 않았던가. 전날 밤 자무 회사가 연 공설운동장 영화 상영에 막내를 데려간 것도 마르지오였다. 그러나 마르지오는 딱 잡아떼며 마하라니는 어린애가 아니니 자기 뜻대로 집에 있을지 학교로 돌아갈지 정했을 것이라고 했다. 라일라는 그런 마르지오의 얼굴에서 낙심한 표정을 보았다. 그는 더 캐묻지 않았다. 모두들 그랬듯 마르지오가 아버지를 죽일 줄은 더더욱 몰랐다.

갑자기 마르지오가 동네 주먹 중 일인자라고 할 아궁 유다에게 말했다. "남들한테 말하기 뭣한 게 있어."

그는 그게 무엇인지는 말하지 않고 아궁 유다를 공설운동장 구석 아구스 소프얀의 주점으로 데려갔다. 돈이 좀 생겨서 맥주나 한잔하고 싶다고 했다. 이 주점은 한때 플랜테이션 노동자들과 동네 사람들이 점심을 사 먹던 밥집이었다. 밥하기 귀찮은 여편네들이 국과 반찬을 사가기도 했다. 그러나 외진 곳이라 금세 불량배들의 집합소가 됐다. 카카오 플랜테이션 끄트머리에 있어 눈에 띄지 않는지라 슬그머니 맥주와 야자술도 팔기 시작했다. 대마초와 이런저런 약이 은밀하게 오가기도 하며 술에 취하고 남녀상열지사가 벌어지는 곳이 되었다.

단골 중에는 과수댁 라일라도 있었다. 그는 거기서 지분거리며 몸을 더듬는 사내들의 표적이었지만 대개 시시덕거리는 데서 그쳤다. 아주 가끔은 선심 쓰듯 마음에 드는 사내를 침대로 데려가기도 했다. 다른 여자들은 카카오 플랜테이션 안으로 들어가 몸을 섞기도 했지만 라일라는 그러지 않았다. 라일라가 비둘기 경주를 보는 사이 바로 그 주점에서 마르지오는 아구스 소프얀에게 맥주 한 병을 달라고 했다. 아구스 소프얀은 맥주에 얼음을 넣지 않고 얼음 덩어리 사이에 맥주병을 두었다가 내주었다. 마르지오는 맥주는 온도에 따라 맛이 다르다며 미지근하게 마시는 것을 질색했다. 그는 아궁 유다와 맥주 한 명을 나눠 마셨다. 주점 뒤 작은 벤치에 앉아 아직 거품이 나는 맥주를 잔 두 개에 나눠 따르더니 다시 입을 열었다.

"나 아무래도 진짜로 사람을 죽일 것 같아서 겁나."

아궁 유다는 마르지오가 사라지기 전 제 아비를 죽이겠다고 하는 소리를 들었다. 몸 안에 무언가가 있어서 아무 고민 없이 죽여버릴 수 있다고 했다. 아궁 유다는 그게 무엇인지는 묻지 않았다. 그 무언가가 없이도 멧돼지 몰이꾼이라면 아주 쉽게 사람을 죽일 수 있을 것이기 때문이었다. 하지만 그 자리에 앉아 그 말을 직접 듣지 않았다면 아무도 마르지오가 그런 말을 했다고 믿지 않을 것이다. 마르지오는 또래들 중에 제일 상냥하고 예의 바른 아이였다. 다들 그의 아버지가 얼마나 개차반인지 특히 아내에게 얼마나 고약하게 구는지 또 마르지오가 얼마나 제 어미를 생각하는지 잘 알았다. 그러나 그는 아버지가 주먹을 휘둘러도 그저 참았다. 친구들 사이에 다툼이 벌어져도 마찬가지였다.

마르지오가 정말로 아비를 죽일 작정이었다고 해도 이제 와서는 아무 소용없는 소리였다. 코마르 빈 슈엡은 이미 땅속에 묻히지 않았던가. 죽은 아비가 살아 돌아와서 죽일 일도 없었다. 마르지오에게 없애야 할 적이 있는 것 같지도 않았다. 친구들이 싸움을 벌여도 마르지오는 남에게 손 하나 까딱하는 법이 없었다.

아궁 유다가 아무 대꾸도 하지 않자 둘 사이에는 대화가 끊겼다. 마르지오는 맥주만 홀짝이며 양어장과 논과 땅콩밭에 둘러싸인 십자형의 카카오 플랜테이션을 쳐다보았다. 그쪽은 벌써 어둑한 데다 모기떼가 구름처럼 몰려들었지만, 사람들이 양어장을 만들어둔 습지 주변은 아직 밝았다. 키야이 자로가

카사바와 파파야잎과 겨가 가득한 시멘트 부대자루를 들고 가
는 모습이 보였다. 그의 아비도 한때 거기에 벼를 심었지만 기
술이 없어 결국 농사를 망쳤다. 남은 것이라고는 사람 손이 안
가도 잘 자라는 카사바와 양들이 지나가면 우수수 떨어지는
잎사귀들뿐이었다. 마르지오는 한 번도 거기에 땅을 갖고 싶
다고 생각한 적이 없었다. 아비가 죽은 지금도 그 생각은 변함
없었다.

공설운동장 한 편에 식민지 시절부터 있던 건물과 그 주변
은 마르지오와 친구들의 아지트였다. 친구들과 수업을 빼먹으
면 늘 거기에 가서 카카오나무 사이에 숨어 담배를 피웠다. 담
배에 산사나무 씨를 섞어 피우면 뿅 간다는 소리를 듣고 그렇
게 해보기도 했다. 닉 카터가 나오는 탐정 소설 아니면 엔니 애
로우의 포르노 소설을 읽은 곳도 거기였다. 학교에서는 성인
소설과 만화책이 금지였고, 교실에서 《귀신 들린 동굴에서 온
맹인》이나 어디나 연인의 관을 메고 다니는 영웅 《해골바가지
판지》 이야기를 할 만한 용자는 없었다. 그런 책을 읽을 수 있
는 곳은 거기뿐이었다.

다른 때는 패싸움이 나고 남녀가 애정행각을 벌이고, 아주
가끔은 동네 깡패들의 칼부림이 나기도 하는 곳이었다. 그 모
든 이들의 공통된 적은 플랜테이션 감독이었다. 그는 언제나
애들이 카카오와 코코넛을 훔쳐갔다고 주장했다. 사실 애들은
종종 서리를 했다. 그러다 누가 감독 손에 걸리기라도 하면 아
이들은 귀를 잡혀 엄하기로 유명한 체육선생에게 끌려 갔다.
밤이면 플랜테이션은 집에 변소가 없는 사람들이 볼일을 보는

곳이 되기도 했다. 마르지오는 제 가장 어두운 과거가 거기 있기라도 한 양 플랜테이션을 계속 쳐다보았다.

아궁 유다는 마르지오가 집에 돌아와 아비가 죽은 것을 보고 얼마나 기뻐했는지 두 눈으로 똑똑히 보았다. 코마르 빈 슈엡이 죽었으니 그 집의 문제는 모두 사라졌다고 생각했다. 하지만 전혀 그렇지가 않다는 것을 이제야 두 눈으로 보게 되었다. 아궁 유다는 그저 마르지오가 의기소침한 모양이라고, 누구를 죽이겠다는 등 하는 소리는 모두 헛소리라고 여겼다. 그래서 무슨 말을 해야 할지 도무지 모르겠다고 생각했다.

문가에 걸린 라디오에서 당둣 노래 〈바다의 왕자 락사마나〉가 흘러나왔다. 라디오는 거기 매달려 해질녘부터 밤까지 최대 음량으로 소리를 내며 흥을 돋웠다. 오래된 파나소닉제인데 플러그도 없어 주인이 엉성하게 전기를 연결해놓았다. 케이스 위쪽은 손님 하나가 부채로 쓴다고 가져가서는 돌려주지 않아 안의 내용물이 그대로 다 보였다. 그런 몰골을 하고도 여전히 공설운동장 저 멀리서도 들릴 만한 소리를 낼 수 있어서, 사람들이 축구 중계를 들으러 몰려오기도 했다. 그럴 때가 아니면 당둣과 유행가를 트는 채널에 고정되어 있게 마련이었다. 이제 그 라디오 소리에 비둘기 경주에 돈을 건 치들이 질러대는 고함이 더해져 시끄럽기 짝이 없었다.

아궁 유다는 주머니에서 반쯤 남은 말보로 갑을 꺼내 마르지오에게 한 가치 건네주었다. 마르지오는 불은 안 붙이고 담배를 손가락 사이에 끼워 돌리기 시작했다. 학교에서 심심할 때마다 볼펜을 돌렸던지라 손가락 사이에 뭐가 들어오기만 하면 잘 돌리는 명수였다. 친구들이 그를 따라 한다고 불 붙은 담배를 돌리기도 했다. 마르지오는 잔을 비우더니 일어섰다.

"안와르 사닷 영감을 만나야 하는데 까먹고 있었네." 이유는 말하지 않았다.

마르지오는 떠나기 전에 담배에 불을 붙였다. 아궁 유다는 그때까지도 친구가 안와르 사닷을 죽이러 가는 줄은 꿈에도 몰랐다. 그저 마르지오가 걸어나가는 모양을 지켜보았다. 발걸음이 머뭇거리는 것이 가야 할지 그냥 있어야 할지 갈피를 잡지 못한 것이 분명했다. 하지만 잠깐 고개를 돌려 아궁 유다를 쳐다보더니 담배를 입에 물고 가던 길을 갔다. 해질녘 바람에 담배가 치직거리며 붉게 타올랐고 연기가 머리 위로 피어올랐다.

20분 후에도 아궁 유다는 주점에 앉아 있었다. 마르지오를 혼자 보낸 것을 후회하다가 안와르 사닷과 사이가 좋으니 굳이 따라가볼 필요는 없다고 생각했다. 아직 맥주잔에 술이 반이나 남아 있었다. 둘은 늘 한 모금씩 맛을 음미해가며 한 잔을 놓고 몇 시간씩 이야기를 하곤 했다. 하지만 마르지오가 갔으니 잔을 비웠다. 턱으로 흘러내리는 맥주 몇 방울은 셔츠 자락으로 닦아내고, 담배를 바닥에 던져 샌들 밑창으로 비벼 껐다. 주점 안에 한 여자가 새침을 떨면서 추파를 던지고 앉아 있었다. 아궁 유다가 다가가 어깨에 팔을 두르자 여자는 웃었다. 이번엔 그의 손이 브래지어 안으로 들어가 젖가슴을 움켜쥐었다.

여자는 몸을 비틀고 욕을 하며 그를 밀어냈지만 아궁 유다

는 낄낄대며 노점을 나섰다. 전봇대에 오줌을 갈기고 공설운
동장으로 향했다. 그가 모르는 새 마르지오가 안와르 사닷을
죽일 시간이 다가오고 있었다.

바로 그 시간 안와르 사닷은 부엌에서 남은 밥을 가져와 칠
면조에게 먹이던 중이었다. 칠면조를 살찌워서 르바란* 때 잡
아먹어야겠다고 생각했다. 근처에서 마 소마는 모스크 마당,
곧 안와르 사닷네 마당을 쓸었다. 여기저기 떨어진 팽이밥나
무의 노란 잎과 거센 비에 떨어진 썩거나 벌레 먹은 열매도 치
웠다. 두 사람은 말을 주고받지는 않았지만 서로 상대가 거기
있는 것을 알고 있었다. 그러다 마 소마는 모스크 물통의 이끼
를 없애러 갔고 안와르 사닷은 밥그릇을 가져다놓으러 부엌으
로 갔다.

집에는 낮잠 자는 아들 곁에 웅크려 누운 마에사 데위뿐이
었다. 둘째딸은 아기와 남편감을 데리고 돌아온 후로 별다른
일을 하지 않았다. 하루 종일 아기와 침대에 누워 있다가 찬장
에서 밥을 들고 와 먹어치웠다. 사위는 일자리를 찾으라는 장
모의 성화에 떠밀려 멀리 떨어진 망해가는 영화사 관리인으로
취직했다가 한 달 전에 돌아왔다. 돈을 좀 들고 오긴 했지만 마
에사 데위는 일주일도 안 가 그 돈을 다 써버렸다. 카시아는 딸
과 사위를 거들떠보지 않았고, 아내가 돈주머니를 쥐고 있기
에 안와르 사닷은 해줄 수 있는 일이 없어 큰딸처럼 둘째딸과

---

* 단식월 라마단이 끝난 후에 오는 명절.

50

손자가 얹혀살게 내버려두는 수밖에 없었다.

안와르 사닷은 마르지오가 창백한 얼굴로 불안하게 마당을 서성이는 것을 보지 못했다. 그 아이는 괭이밥나무에 기대서서 집 안을 쳐다보다가 안와르 사닷의 움직임을 감지했다. 아무도 마르지오가 정말로 누구를 죽이려고 들 작정인지 알아보지 못했다. 공설운동장에 있던 사람들이 그를 보았고 마 소마도 이끼로 가득 찬 쓰레기통을 비우러 나왔다가 빈손인 그 아이를 보았다. 아무도 그 아이가 살인을 저지르기 일보 직전인 것을 알아채지 못했다. 칼이나 하다못해 밧줄이라도 있어야 할 텐데 빈손이 아니던가. 사람을 물어뜯어 죽일 거라고 누가 생각이나 했겠는가. 마 소마가 그 옆을 지나쳤지만 말을 주고받지는 않았다. 마르지오는 타이어로 만든 그네를 힘없이 차고 있었지만 금방 가버릴 성싶었다. 그러나 그는 가지 않았다. 기회를 엿보는 도둑처럼 누가 자신을 보고 있을지 모른다고 생각하고 움직이지 않았다. 공설운동장에 있던 사람들은 분명 그를 보았지만 너무 잘 아는 사람이라 아무도 의심하지 않았다. 이제 아무도 방해할 사람이 없었다. 마 소마는 모스크의 물통을 채우려고 우물에서 물을 긷는 중이니 한동안 다시 나타나지 않을 것이다. 대문은 열려 있었고 안와르 사닷은 마실이라도 나갈 모양이었다. 마르지오는 움직이기 시작했다.

4시 10분경 안와르 사닷은 말동무를 찾으러 공설운동장으로 가려던 참이었다. 닭싸움만큼이나 비둘기 경주에도 취미가 없었지만 그저 남들과 어울릴 심산으로 가끔 돈도 걸고 구경도 했다. 아직 아침에 스라비 노점에서 입었던 반바지에 ABC

51

보석상 러닝셔츠 차림이었고, 이제 곧 그 차림으로 죽을 것이다. 자신에게 다가오는 마르지오를 본 순간 그는 얼어붙었다. 문가로 가지 못하고 그 아이가 오기만 기다리며 불안한 예감에 떨었다. 그는 마하라니를 생각했다. 그도 어젯밤 막내가 이 아이와 자무 회사의 영화 상영에 간 것을 알았다. 막내가 왜 그렇게 허둥지둥 가버렸는지 알고 싶었다. 안와르 사닷은 마르지오가 제 앞에 멈춰 서기를 기다렸지만 그 아이는 막내에 관해서는 한마디도 하지 않았다. 얼굴은 창백하고 입술은 부들부들 떠는 것이 안와르 사닷이 무슨 잘못이라도 저지른 것 같았다.

마르지오는 나중에 경찰서에서 자백한 대로, 목의 대동맥을 물어뜯어 안와르 사닷을 죽였다. 달리 무기로 쓸 게 없었어요, 마르지오가 말했다. 비리비리해서 맞서 싸울 힘이 없는 안와르 사닷을 주먹으로 때릴까 생각했지만 때려 죽이기는 힘들겠다 싶었다. 목을 조르는 것도 쉽지 않을 것 같았다. 의자로 내리쳐봐야 뼈만 몇 개 부러질 뿐이고 요란한 소리 때문에 마에사 데위가 깰 것이었다. 마에사 데위가 집에 있는 것을 보지는 못했지만 늘 그렇듯 방 안에 있을 것을 알았다.

머릿속에 번개가 치는 것처럼 갑자기 그 생각이 떠올랐다. 배 속에 무언가가 있다고, 오장육부 말고 다른 것이 있다고 했다. 그것이 마르지오에게 그를 죽이라고 시켰다고 했다. 그게 힘이 셌어요, 그래서 아무 무기도 필요 없었다고 경찰에게 말했다. 그는 안와르 사닷을 붙들었다. 안와르 사닷은 놀라서 벗어나려 했지만 팔을 잡은 힘은 어마어마했다. 마르지오는 그의 머리칼을 붙들어 목을 꺾고 꼼짝 못하게 제압했다. 그리고 연인의 귀밑을 탐하듯 거칠게 신음하며 안와르 사닷의 목 왼쪽 깊숙이 이빨을 꽂아 넣었다. 희생양은 자신에게 무슨 일이 벌어지고 있는지 전혀 알아차리지 못했다. 그러나 곧 찢어지는 듯한 통증과 가슴팍의 충격 때문에 몸을 비틀며 의자를 걷어찼다. 의자가 넘어지는 소리와 안와르 사닷의 외마디 비명에 마에사 데위가 깨어나 물었다. "아빠, 무슨 일이에요?"

안와르 사닷은 대답할 힘이 없었다. 그저 죽어가는 자의 외마디 비명으로 답하는 수밖에 없었다. 마르지오는 이빨을 들어 숨통을 끊어놓는 치명적인 한 방으로 대꾸했다. 살점이 뜯겨나가면서 죽어가는 사내의 목에 큰 구멍이 생겼다. 핏줄과 힘줄이 너덜너덜해진 살점 사이로 피가 치솟았다. 마르지오가 입가에 붙은 아무 맛도 없는 살점을 퉤 하고 뱉자 바닥에 살점이 이리저리 튀었다. 안와르 사닷은 팔을 허우적거리며 목에서 섬뜩한 소리를 냈고 마르지오의 얼굴은 안와르 사닷의 목에서 솟구치는 피로 시뻘겋게 물들었다.

"아빠, 무슨 일이에요?" 마에사 데위가 다시 물었다.

안와르 사닷은 팔을 휘적거리며 의식을 잃어갔다. 마르지오가 여전히 그를 꼭 붙들고 있어서 쓰러지지는 않았다. 마에사 데위의 높고 불안한 목소리와 담요 젖히는 소리, 침대가 삐그덕대는 소리, 바닥에 발 디디는 소리가 들리자, 마르지오는 다시 한 번 어둡고 붉고 축축한 그 구멍에 이빨을 꽂아 넣었다. 두 번째 입맞춤은 첫 번째보다 더 치명적이고 더 강렬했다. 그는 턱을 더 세게 앙다물고 다른 살점을 물어뜯었다. 참을 수 없는 허기에 들린 야수처럼 계속 살점을 물어뜯으며 목에 뚫린 구멍을 더 크고 너덜너덜하게 만들었다. 피거품이 제멋대로 바닥에 튀었다.

머리통을 통째로 물어뜯을 기세였다. 안와르 사닷의 목은 거의 다 뜯겨나가 허연 기도가 다 보일 지경이었다. 방문이 조금 열리더니 마에사 데위가 나타났다. 하얀 꽃무늬 잠옷 차림에 한쪽 뺨에는 베개 자국이 그대로 있었다. 반쯤 뜬 눈이 금세 동그래졌다. 가녀린 손을 황급히 들어올리더니 딱 벌린 입을 가렸다. 끽 소리조차 내지 못했다.

그 장면은 마에사 데위의 뇌리에 콱 박히고 말았다. 어지간한 공포영화보다 더 끔찍한 그 장면은 몇 년이 아니 몇 십 년이 지나도 지워지지 않았다. 그는 반쯤 잘려나간 목을 보았다. 이둘 아드하* 날 도살당한 소牛의 목도 그렇게 끔찍하지 않았다. 온 바닥에 뜯겨나간 살점이 시뻘겋게 널려 있었다. 하얀 타일 바닥 위에 선연한 핏자국은 희고 붉은 인도네시아 국기를 연상시키기도 했다. 그리고 거기에 마르지오가 있었다. 얼굴은 피를 뒤집어써서 알아볼 수도 없었고 양손이며 윗도리도 엉망진창이었다. 순간 두 사람의 눈길이 마주쳤다. 순간 둘 다 눈이 마주치기에 이토록 부적절하고 괴이한 상황이 또 있을까 하고 생각했다.

마에사 데위는 마늘 냄새 같은 이상하고 톡 쏘는 냄새를 맡

* 이슬람교의 희생제. 양이나 소를 잡아 제물로 바치는 날.

았다. 짙은 구름떼처럼 그의 머리와 어깨 주변을 휘감는 그 냄새는 너무 지독해서 살짝 현기증이 날 정도였다. 정체를 알 수 없는 또 다른 여러 가지 감각이 그를 덮쳤다. 입안에는 시큼한 맛이 나고, 귓가에는 벌레들이 윙윙대는 소리가 나고, 창자는 뒤틀리는 것 같았다. 그는 눈앞에 무언가가 번쩍 하는 것을 느꼈다. 그는 눈을 질끈 감고 머리가 문에 부딪힐 때까지 뒤로 물러섰다. 잠시 문에 기댔지만 오래가지 못했다. 그는 조용히 잠든 공주라기보다는 순식간에 돌로 변한 공주처럼 쓰러졌다. 소리를 지를 수도 없고 지금 어디에 있는지조차 알 수 없었다. 그가 쓰러지면서 요란한 소리가 나고 아기가 깼다. 아기는 입을 벌리고 울면서 오줌을 싸고 어미를 찾았다. 어미는 맨바닥에서 정신을 잃었다.

마르지오는 안와르 사닷을 잡은 손을 놓았다. 손가락 사이에 사내의 머리카락이 붙어 있었다. 사내의 몸뚱이는 잠시 부르르 떨리더니 곧 바닥 위에 늘어졌다. 마르지오는 숨이 끊어진 것이 확실해질 때까지 그 몸뚱이를 찬찬히 들여다보았다. 목정맥이 끊기고도 안와르 사닷은 바로 저승사자에게 끌려가지 않았지만, 머리통이 바닥으로 떨어지자 더 버틸 도리가 없었다. 이제 그는 ABC보석상 러닝셔츠 아래 배꼽을 드러내고 사나운 들개에게 뜯긴 노인네처럼 쓰러졌다. 마 소마와 다른 이들이 발견한 것은 바로 이 광경이었다.

마르지오는 제가 만든 작품에 경이로움을 금치 못했다. 이 집 텔레비전 세트 위에 걸린 라덴 살레의 싸구려 모작보다 훨씬 생생했다. 머릿속에 폭풍 같은 것이 지나갔다. 문으로 가는 길이 기억나지 않는 데다 갑자기 온 세상이 어두워져서 벽을 더듬었다. 좀전의 안와르 사닷처럼 그도 몸을 비틀거렸지만 쓰러지지는 않았다. 시뻘건 발자국을 남기며 간신히 소파 가장자리로 걸어갔다. 간신히 한 발씩 디디며 밖으로 나와 현관 앞에 주저앉았다.

입안에 느껴지는 피맛이 좀 전의 살육을 다시 기억나게 했고 본능적으로 여기서 벗어나야 한다고 생각했다. 마르지오는 엉거주춤하게 일어나 괭이밥나무 쪽으로 걸어가 입안에 아직 남은 살점을 뱉었다. 바닥에 나뒹구는 살점은 두부 쪼가리만큼이나 컸다. 그 형상을 보니 오장육부가 뒤틀리면서 목구멍으로 신물이 올라왔다. 괭이밥나무에 기대서 아침으로 먹은 국수를 게워냈다. 그제야 요동을 치던 배 속이 진정되는 듯했다. 마르지오는 여전히 거기 서서 이제 더 게워낼 것도 없는데 계속 헛구역질을 해댔다. 그리고 비둘기 경주판에 몰려든 도박꾼들의 요란한 소리가 나는 쪽으로 갔다.

마 소마가 모스크에서 나와 피를 뒤집어쓰고 비틀대며 걸어가는 마르지오를 본 것은 바로 그때였다. 뭔가 잘못됐다고 생각한 그는 바로 아이를 쫓아갔으나 그 집 마당에 길게 난 피로 물든 발자국을 보고 온몸이 얼어붙었다. 문가에 고인 피 웅덩이가 보이자 그는 집 안으로 발길을 옮겼다. 그곳에는 쓰러진 시체가 그를 기다리고 있었다. 도대체 무슨 일인지 그는 아무 생각도 할 수 없었다. 그는 황급히 마에사 데위를 안아 올려 소파에 눕히고 바틱 천을 찾아와 안와르 사닷의 시체를 덮었다. 공설운동장 한쪽에서는 누가 마르지오를 보고 소리쳤다.

"세상에, 어떤 놈이 마르지오를 죽도록 팼어."

왁자지껄한 소리가 일순 멈추더니 시선이 집중됐다. 마르
지오가 걸어오고 있었다. 그 광경에 지나가던 차들이 멈춰 서
고 오토바이가 끼익 하며 멈췄다. 사람들은 대낮에 나타난 괴
물이라도 본 것처럼 그를 쳐다보았다. 새들도, 놀던 애들도 멈
춰 섰다. 무슨 사달이 난 것이 분명했다. 사람들은 마르지오가
폭발물이라도 되는 것처럼 이만치 떨어져서 그를 에워쌌다.
모두들 어리둥절해하는 가운데 아궁 유다가 또렷한 목소리로
물었다.

"누구한테 맞은 거야?"

마르지오는 우두커니 서서 아무 대답도 하지 않았다. 사실
무슨 말인지 이해도 되지 않았다. 자신을 에워싼 얼굴들을 알
아보기도 했지만 또 알아볼 수 없기도 했다. 아궁 유다가 그런
꼴을 견딜 수 없었던지 마르지오에게 다가가 진짜 피를 뒤집
어쓴 것인지 냄새를 맡아보았다. 진짜 피인 것을 확인하고 나
자 안색이 싹 변했다. 무슨 일이 있었는지는 너무나 뻔한 일이
었다. 아궁 유다는 의미심장한 말을 내뱉었다.

"마르지오는 하나도 안 다쳤어." 사실이 그러했다.

어느새 밤이 땅 위에 내렸다. 하늘에는 별이 총총하고 반달
이 걸렸다. 가로등에 불이 들어오고 어둠에 박쥐들이 잘 보이
지 않았다. 조니 심볼론이 마르지오를 군사령부로 끌고 갔다.
이 고장에서는 늘 있는 일이다. 용의자는 경찰서가 아니라 군
사령부로 먼저 끌려간다. 그리고 이제 전쟁이 없어 심심한 공
화국 군인들의 놀잇감이 됐다. 군인들은 마르지오를 유치장에

넣고 좀약과 옷장 냄새가 나는 수의를 입혔다. 마르지오는 우유와 밥은 손도 대지 않고 매트리스 위에 웅크려 누웠다.

사드라 소령이 면회를 왔다. 당번병들은 언제나 잡혀온 용의자를 괴롭히고 싶어 안달이었다. 그러나 퇴역한 소령은 언제나 경외의 대상이었고 그의 말이라면 죽는 시늉이라도 해야 하는 법. 그래서 사드라는 서둘러 면회를 왔다. 군인들은 부대 앞 호랑이상과 국기게양대 앞에 낄낄대며 서성이고 있었다. 사드라 소령이 뭔가 더 놀라운 얘기라도 가져왔나 궁금해하는 얼굴이었다.

"혹시라도 누가 복수라도 할까 싶어 그 애를 체포했습니다." 조니 심볼론이 말했다.

"말도 안 되는 소리. 안와르 사닷한텐 딸밖에 없다고." 사드라가 말했다.

그러나 안와르 사닷에게는 남자 친척도 있고, 이웃에서 벌어진 일이 못마땅할 사람도 있을지 모를 일이다. 사드라는 군인들에게 마르지오를 새벽까지 잘 가둬두었다가 경찰이 오면 내주라고 했다. 그는 마하라니가 내일 아침 집에 와서 아버지를 죽인 사람이 지난밤 같이 영화를 보러 간 남자인 것을 알면 어떤 심정일지 궁금해졌다. 살인은 이미 벌어진 일이나 그 뒤에는 아직 아무도 모르는 이유가 있을 것이다. 유족들과 한참 있다 온 아내가 이제는 모르는 사람이 없는 사실을 귀에 속삭였다. 그 딸아이는 마르지오한테 미쳐 있었대요. 하지만 사드라 소령은 안와르 사닷이 마르지오와 마하라니 사이를 반대한다는 기미는 좀체 발견하지 못했다.

사드라는 유치장으로 향했다. 문 앞에 서니 마르지오가 매트리스 위에서 덜덜 떨고 있었다. 소령은 왜 그랬냐고 다그쳐서라도 의문을 풀고 싶었지만, 씁쓸함과 안쓰러움이 몰려와 차마 입을 열 수 없었다. 마르지오가 자신에게 묻지 않은 질문에 대답해주기를 기다릴 뿐이었다.

"내가 아니에요." 마르지오는 아무런 죄책감 없는 표정으로 담담히 말했다. "내 몸 안에 호랑이가 있어요."

둘

　그 호랑이는 백조처럼 희고 들개처럼 포악했다. 마메는 언젠가 호랑이가 마르지오의 몸에서 그림자처럼 스르륵 빠져나오는 것을 보았다. 그전에도 그 후에도 그런 모습은 다시 보지 못했다. 호랑이가 마르지오 몸 안에 있을 때면 나타나는 표시가 있는데 다른 사람들도 아는지는 모를 일이었다. 그럴 때면 어둠 속에서 마르지오의 눈동자가 고양이 눈처럼 빛났다. 처음에 마메는 그 눈을 보기가 무서웠고 무엇보다 호랑이가 마르지오에게서 빠져나올까봐 겁이 났다. 하지만 시간이 흐르고 그런 마르지오를 자주 보다보니 어둠 속에서도 빛나는 그 눈을 겁내지 않게 되었다. 호랑이는 적이 아니다. 결코 마메를 해치지 않을 것이다. 오히려 식구들을 보호하려고 거기 있는지도 모른다.

　마르지오는 집을 나가기 몇 주 전 어느 날 아침 호랑이를 처음 만났다. 모스크에서 혼자 자고 있었다. 그 옆에는 따뜻한 커피 한 잔도 아니고 아침밥으로 먹을 나시고렝 한 그릇도 아닌, 하얀 호랑이 한 마리가 제 발바닥을 핥고 있었다. 호랑이가 꼬리를 살랑살랑 움직이다 마르지오의 맨발을 간질이자 마르지오는 잠에서 깼다. 처음에는 마 소마가 새벽 기도를 하자고 깨우는 줄만 알았다. 하지만 벌써 아침이었다. 밤새 세차게 내리던 비가 아직도 그치지 않은지라 아무도 새벽 기도를 하러 오지 않았던 것이다. 마르지오는 깜짝 놀라 반사적으로 몸이 굳었다. 호랑이가 기분 좋게 몸단장을 하는 동안 그는 그저 두려운 눈으로 짐승을 바라보았다.

이 짐승은 살아 있는 진짜일 리 없었다. 스무 해가량 살아오면서 수도 없이 정글을 들락거렸지만 저런 피조물은 본 적이 없었다. 작은 표범도 있고, 돼지도 있고, 들개도 있지만 황소만 한 흰 호랑이는 없었다. 마르지오는 여러 해 전에 세상을 떠난 할아버지를 생각했다. 눈물이 핑 돌면서 아주 천천히 손을 뻗어 호랑이의 앞발에 갖다 대보았다. 호랑이는 진짜였다. 털은 깃털로 만든 먼지떨이처럼 부드러웠고, 발톱을 감춘 것이 친구가 되고 싶은 모양이었다. 호랑이는 장난스럽게 앞발을 올리며 마르지오의 손짓에 대꾸했다. 마르지오가 다시 손을 뻗어 앞발에 대자 그 짐승은 발을 들어 새끼고양이처럼 장난을 쳤다. 다시 앞발을 잡아보려 하자 호랑이는 몸을 굴려 피하더니 기둥을 붙들었다. 이어 마르지오가 피할 틈도 없이 호랑이가 달려들었고 둘은 엉겨서 뒹굴기 시작했다. 마르지오는 바닥에 깔려 숨도 쉬지 못했다. 호랑이는 뒤로 물러서더니 다시 발바닥을 핥기 시작했다. 마르지오는 가만히 호랑이의 어깨를 두들기며 물었다.

"할아버지?"

오래전 할아버지는 멀리 떨어진 외딴 마을에 살았다. 거기 가려면 먼저 오토바이택시를 타고 정글 근처, 사람들이 금요시장이라고 부르는 곳에 가야 했다. 작은 노점이 몰려 있는 이곳에서 비포장 오르막길을 오르는 탈것을 잡아탈 수 있었다. 우마차는 산비탈을 거뜬히 올랐지만 오토바이로는 쉬운 길이 아니라 운전수들은 고개를 저었다. 할아버지네 집에 가려면 자귀나무와 정향나무 숲을 지나 사냥꾼들만 아는 마호가니 숲속 산길을 한참 걸어 올라가야 했다. 한 시간이면 산등성이를 가로질러 갈 수 있었다. 마르지오는 그 길을 매번 다니다보니 나중에 쫓게 될 돼지들보다 더 잘 알게 됐다. 산꼭대기 근처에 작은 마을이 하나 있고 그 어귀에는 논과 양어장을 낀 이슬람 학교가 있었지만, 할아버지는 그 마을에 살지 않았다. 그래도 거기서 숨을 돌릴 수 있었다. 여러 번 그 마을을 지나다보니 아는 얼굴도 생겼지만 오래 지체할 수는 없었다. 해지기 전, 배가 끊기기 전에 선착장에 닿아야 했다. 배라고 해봐야 강 이편과 저편에 매어놓은 줄을 잡아당기며 오가는 대나무 뗏목이었다. 물결이 쳐서 뗏목이 흔들리면 사공은 긴 장대를 썼다. 깊고 잔잔한 강이었다. 악어는 없었지만 정령이 살았다. 한 번도 본 적 없는 상상의 존재였지만 아이들에겐 두려운 존재였다. 뗏목에 여남은 명은 탈 수 있었다. 가끔은 소나 양 같은 짐승과 쌀자루 같은 농작물이 실리기도 했다. 뗏목에서 내렸다고 마르지오의 여정이 끝난 것은 아니었다. 다시 진창길을 건너 산 하나를 올라가야 했다. 꼭대기에 서면 산 아래로 펼쳐진 넓은 논이 보이고, 그 한가운데 온갖 작물과 집으로 들어찬 작은 마을이 있었다. 바로 그곳이 할아버지가 사는 마을이었다.

마르지오는 여덟 살 되던 해 처음 혼자서 이 길을 갔다. 그후로 틈만 나면 할아버지를 보러 반나절이 걸리는 길을 마다하지 않고 갔다. 할아버지 집에서 보내는 시간은 신났고, 돌아오는 길에는 바나나 한 무더기나 랑삿이며 두리안 한 바구니를 들고 오기 마련이었다. 마메는 물론이고 어머니와 아버지도 기뻐할 게 분명했다. 할아버지 집에 가고 싶은데 오토바이 택시 탈 돈이 없으면 금요시장까지 걷고 다시 할아버지 집까지 걷는 노고도 마다하지 않았다. 그러다보니 이 길로도 갔다 저 길로도 가보았고 산골마을 사람들뿐 아니라 정글에 사는 정령들과도 친해졌다. 그래서 후일 돼지 사냥꾼들은 마르지오와 함께 있으면 절대 길 잃을 걱정을 하지 않았다.

할아버지는 할머니와 작은 오두막에 살았다. 잠자리에서 평화롭게 저세상으로 간 채 발견된 그날까지도 노인은 정정하기만 했다. 아버지가 제멋대로 땅을 몽땅 팔아버리기 전까지만 해도 할아버지는 하루도 빠짐없이 논밭을 돌보았다. 머리칼은 새하얗게 셌지만 허리는 조금도 굽지 않은 할아버지를 마르지오는 정말 좋아했다. 할아버지는 '정령들의 왕국'이라고 부르는 개울로 손자를 데려가주었다. 절대로 여자 정령을 가지고 놀지 말거라, 노인은 늘 경고했다. 하지만 여자 정령이 너를 좋아한다면 받아주렴, 그건 축복이니까. 여자 정령은 눈부시게 아름답다고 했다. 마르지오는 언젠가 여자 정령을 만나 사랑에 빠지길 늘 바랐지만 아무리 자주 개울에 가봐도 그런 일은 일어나지 않았다.

그러나 할아버지의 암호랑이 이야기에 비하면 정령 따위는 아무것도 아니었다.

마을의 이야기꾼 할머니 마 무아는 그 산골마을 사내들에게는 저마다 암호랑이가 있다고 했다. 어떤 이들은 호랑이와 결혼하기도 하고 어떤 이들은 여러 대를 거쳐 호랑이를 물려받는다고 했다. 할아버지는 증조할아버지에게서 물려받았고 증조할아버지는 고조할아버지에게서 물려받았다. 그렇게 아주 먼 조상까지 거슬러 올라갈 수 있었다. 하지만 누가 제일 먼저 암호랑이와 결혼했는지는 아무도 모른다고 했다.

무더운 밤이면 마 무아는 집 현관에 앉아 이야기를 늘어놓았다. 아이들은 그의 다리 밑에 모여들고 계집애들은 돌아가며 그의 어깨를 주물렀다. 그가 해질녘에 이야기를 시작하면 계집애들은 그의 머리칼을 헤쳐 이를 잡았다. 할머니에게는 아직도 다 하지 못한 이야기가 무궁무진해서 따로 이야기를 지어낼 필요도 없었다. 다 진짜 있었던 일이란다, 하고 말할 따름이었다. 마 무아는 전대 이야기꾼에게 이야기를 들었고 그 이야기꾼은 또 전대 이야기꾼에게 이야기를 들었다. 그러나 이야기 중에는 지금 세대에 관한 것이거나 오직 선택받은 자만이 이해할 수 있는 것도 있었다. 물론 마 무아야말로 선택받은 이야기꾼 할머니였다.

마르지오가 기억하는 한 마 무아는 남편도 자식도 없고 하는 일도 없이 그저 이야기만 읊어댔다. 그는 아무 집 부엌이나 찾아가 밥을 얻어먹고 아니면 사람들이 그 집에 음식을 가져다주기도 했다. 모두들, 특히 아이들이 그를 좋아했다. 머리칼 속에 뱀과 전갈이 살고 창포 뿌리만 먹고사는 여자 장님 이야기며 여자 정령들이 젊고 잘생긴 남자를 유혹해 정령들의 왕국으로 끌고 가는 이야기도 해주었다. 정령들은 선한 존재라 자신들이 사는 곳으로 누가 쳐들어오지 않는 한 절대 고약하게 굴지 않는다고 했다. 마르지오는 정령들이 사는 곳에 대해 배웠다. 샘물, 강의 웅덩이, 산꼭대기, 큰 나무, 모스크의 뾰족탑 같은 곳이었다. 하지만 마르지오는 여전히 수호신 하얀 호랑이에 대한 이야기가 제일 궁금했다.

마 무아는 암호랑이가 주인의 몸 안에 살면서 위험으로부터 주인을 보호한다고 했다. 마르지오의 할아버지는 하얀 암호랑이를 거느렸다고 했다. 하지만 아무리 물어봐도 할아버지는 호랑이 얘기를 해주려 하지 않았다. 그런 야수를 길들이기에는 넌 아직 너무 어려, 할아버지는 이렇게 말하기만 했다. 그 호랑이는 표범보다 크고 동물원이나 서커스에서 보는 것보다, 교과서에 나오는 것보다 크다고 했다. 사람이 이 짐승을 제대로 길들이지 못하면 사나워져서 무엇으로도 막을 수 없다고 했다.

"하지만 그냥 보기만 할 건데요." 마르지오가 칭얼댔다.

"나중에! 그때면 호랑이는 네 것이 될 게다."

마르지오는 할아버지와 다른 마을의 노인들이 얼마나 용맹했는지에 대해서도 여러 번 들었다. 네덜란드인들이 젊은 장정들을 델리에 끌고 가 강제노동을 시키려 하자 이들이 얼마나 거세게 저항했던가. 네덜란드의 총알도, 나중에 나타난 일본인들의 사무라이 칼도 그 앞에서는 무력했다. 장정들이 분노하면 몸에서 흰 호랑이가 튀어나와 적에게 달려들었다. 마을 장정들은 정글에서 활개 치던 다룰이슬람* 게릴라들마저 몰아냈다. 마 무아는 그 모두가 마을 장정들이 호랑이와 결혼해서 피가 섞였기 때문에 가능했던 일이라고 했다.

마르지오는 그런 결혼이 어떤 것인지 이해할 수 없었다. 암호랑이가 인간 신랑 곁에 앉아 머리 장식을 쓰고 털이 가득한 볼에 분칠을 하고 입술 연지를 바르고 얌전히 주례의 기도를 듣는 모습은 도무지 상상이 되질 않았다. 나이가 더 들고 나서는 호랑이 아내와 하는 잠자리는 어떤 것인지, 그 결과 태어날 아이는 어떤 모습일지 궁금해졌다. 마 무아는 그 말을 듣고 이빨이 다 빠진 잇몸을 드러내며 웃었다. 마르지오가 인간과 호랑이의 결혼생활을 상상해서 말을 꺼낼 때마다 마 무아는 깔깔거렸다. "호랑이와 결혼한 남자들만 그렇게 하는 법이지. 하지만 호랑이가 다 암컷은 아니란다."

할아버지에게는 물론 인간 아내가 있었다. 그러니까 암호랑이는 할아버지의 둘째 부인인 셈이다. 할아버지는 아버지에게 호랑이를 물려받기는 했지만 호랑이와 결혼하지는 않았다.

---

* 인도네시아 독립 직후부터 활동한 분리주의 근본주의 무장투쟁 세력. 세속 국가가 아닌 이슬람 국가 건설을 목표로 서부 자바 지역 일대를 장악하고 게릴라 투쟁을 벌였으며 1962년 지도자가 체포될 때까지 10년 이상 활발하게 활동했다.

그러나 가족들에게 호랑이는 할아버지의 또 다른 아내였고 때
론 인간 아내보다 더 사랑받고 숭배받는 대상이었다. 인간 할
머니는 결핵에 걸려 밤마다 기침과 고열에 시달리다가 무덤으
로 실려가고 말았다. 할아버지는 재혼하지 않았다. 호랑이 아
내만으로도 충분했으리라. 할아버지는 할머니가 죽고 크게 상
심했던지 곧 뒤를 따랐다.

할아버지가 죽기 전 마지막으로 찾아갔을 때, 마르지오에
게 일러주었다. "그 호랑이는 백조처럼 하얗단다."

노인은 호랑이가 마르지오를 찾아가면 바로 알아보길 바랐
던 것이다. 호랑이는 제가 원한다면 마르지오의 아비에게 갈
수도 있다고 했다. 그러면 마르지오는 아버지가 죽기까지 기
다려야 한다. 하지만 호랑이가 아버지를 마음에 들어 하지 않
는다면 마르지오에게 바로 올 것이라고 했다.

"호랑이가 저를 싫어하면요?" 마르지오가 불안한 얼굴로
물었다.

"네 아들이나 손자에게 갈 수도 있고 가족이 호랑이를 잊어
버리면 다시는 안 나타나기도 한단다."

그 호랑이가 이제 마르지오에게 온 것이다. 바깥 공기는 아
직 차지만 모스크의 카펫은 따뜻했다. 그 위에 누운 마르지오
곁에 호랑이가 있었다. 할아버지가 알려준 대로 호랑이는 백
조처럼, 구름처럼, 목화솜처럼 새하얬다. 마르지오는 날아갈
듯 신이 났다. 지금까지 가져본 무엇보다 대단한 것이 아니던
가. 그는 호랑이와 함께 사냥을 가면 어떨까 상상해보았다. 논
을 망쳐놓는 멧돼지를 사냥해서 한두 마리를 밧줄로 달아 매

면 호랑이가 그를 지켜줄 것이다. 그렇게 서늘한 아침, 호랑이가 나타나 계집애처럼 제 앞에 무릎을 꿇었다. 암호랑이가 누워서 혀를 날름거리며 제 발바닥을 핥는 것을 보라지. 언뜻 보면 좋은 혈통의 커다란 집고양이가 도도하게 누운 것 같기도 했다. 마르지오는 호랑이의 얼굴을 가만히 들여다보았다. 사랑스러운 호랑이였다. 그는 호랑이에게 빠져들었다.

그는 호랑이의 목을 꼭 끌어안고 살에 닿는 털의 따뜻한 감촉을 느꼈다. 밤새 사랑을 나누고 벌거벗은 채로 함께 잠들었다가 서늘한 아침 공기에 서로의 체온을 나누며 살갗을 부비는 그런 느낌이었다. 마르지오는 눈을 감았다. 어린 시절 들었던 이야기는 모두 사실이었다. 이제 더 이상 호랑이를 기다리지 않아도 된다. 그런데 갑자기 허전해졌다. 아무 낌새도 없이 사랑하는 호랑이가 사라졌다. 온기도 사라졌다. 눈을 떠봤더니 호랑이는 정말로 사라졌다.

그는 호랑이를 처음 봤을 때보다 더 놀랐다. 벌떡 일어나 이리저리 둘러봤지만 작은 모스크에는 호랑이의 흔적조차 남아 있지 않았다. 털 한 오라기도 없었다. 밖에는 아직 비가 세차게 내려서 학교 가던 아이들이 투덜거릴 것이 분명했다. 이렇게 비가 쏟아지면 바나나잎을 잘라서 일회용 우산 삼아 써야겠지만, 마르지오의 머릿속에는 호랑이 생각뿐이었다. 꼼짝 않고 서서 입을 열어보았지만 아무 소리도 나지 않았다. 호랑이를 뭐라고 불러야 할지 몰랐다. 할아버지도 마 무아도 호랑이의 이름을 알려주지 않았다. 호랑이에게 이름을 지어줘야 하는지도 모를 일이다. 하지만 호랑이가 흔적도 없이 사라졌는데 이름을 지어 무엇하겠는가.

마르지오는 좋아하던 여자애들에게 적어도 열한 번은 차여 보았다. 하지만 지금의 고통은 열한 번의 실연을 모두 합친 것보다 더했다. 그는 울음을 애써 참았다. 꿈일 리가 없어, 하고 중얼거렸다. 호랑이는 그의 것이기에 그에게로 온 것이었다. 부드러운 털의 감촉을 느꼈고 둘은 한데 엉겨 장난도 치지 않았던가. 찾고 또 찾아봐도 호랑이가 가버린 것이 확실해지자 쓰라린 감정은 분노로 변했다. 몸을 덜덜 떨며 주먹을 꼭 그러쥐었다. 이렇게 걷잡을 수 없는 분노를 느껴본 적이 없었다. 도무지 이 감정에서 벗어날 수 없었다. 오랜 기다림 끝에 나타난 호랑이는 그를 사랑에 빠지게 만들었다. 그러니 이런 식으로 버려질 수는 없는 노릇이었다.

마르지오가 모스크 문을 쾅쾅 두들기며 긁어대자, 마호가니 문짝에 칠해진 진녹색 칠이 벗겨졌다. 입에서는 대기를 갈가리 찢어놓을 듯 요란한 소리가 터져나왔다. 그는 제가 긁어댄 문짝을 보고 흠칫 놀라 몸이 굳어버렸다. 분노도 잦아들었다. 문 위에 세 줄로 난 긁힌 자국은 사람 등에 났다면 치명상이었을 것이다. 그는 문짝과 제 손을 번갈아 바라보았다. 손톱은 짧았다. 돼지 사냥에서 창을 들 때 걸리적거리지 않도록 늘 손톱을 잘라두었다. 제 손톱으로는 문짝에 이런 자국을 낼 수가 없었다. 마르지오는 계속 짧은 손톱 아래 긴 페인트와 나무를 쳐다보았다. 어리둥절하면서도 두려운 마음에 한참이나 꼼짝할 수 없었다. 그러나 곧 무슨 일이 벌어졌는지 깨달았다. 호랑이는 그를 버리지 않았다. 호랑이는 여전히 거기에, 그의 몸 안에 있었다. 그리고 둘은 다시는 떨어지지 않는다. 그는 벽에 기대서 배를 쓰다듬었다. 배 속에 호랑이가 있는 것이 느껴졌다. 호랑이는 한 치도 길들여지지 않았다.

그는 아궁 유다에게 농담처럼 말했다. "난 이제 혼자가 아니야."

아궁 유다는 마르지오가 총각 딱지를 뗐나보다고 여겼다. 놀랄 일이 아니니 신경도 쓰지 않았다. 마하라니와 잤다고 으스대고 싶은 모양이라고 여겼다. 그 애가 아니면 누구겠는가. 마하라니가 집에 돌아온 후 둘은 늘 붙어 다녔다. 아무도 마르지오의 몸 안에 호랑이가 있는지 몰랐다. 안와르 사닷을 죽이고 경찰에 자백할 때까지 호랑이의 흔적을 본 사람은 마메뿐이었다.

호랑이를 만나기 전날 밤, 마르지오는 누이인 마메에게 아버지를 죽이고 싶다는 얘기를 처음으로 했다. 마메는 남들에게 들어 알고 있었다. 오라비가 방범초소에서 틈만 나면 아버지를 저주한다는 소문이 파다했다. 기회만 생기면 아버지 코마르 빈 슈엡을 없애버릴 것이라고들 했다. 하지만 그런 일은 일어나지 않았고 그럴 낌새도 없었다. 그저 포악한 아비에게 시달리던 소년의 분노였을 것이다. 그런 분노는 시간이 지나면 사그라지게 마련이다. 그래서 마메는 마르지오의 말을 무심히 들어 넘겼다. 어쩌면 마메도 마르지오가 아비를 죽여주길 바랐는지도 모른다.

그때만 해도 마메는 마르지오의 눈이 고양이 눈처럼 빛나는 것을 보지 못했지만, 정수리 위로 솟구쳐오르는 분노는 느낄 수 있었다. 여동생 마리안이 태어난 지 일주일 만에 죽자 그 분노는 점점 커져갔다. 마메는 식칼이며 큰 칼을 마르지오의 손이 닿지 않는 곳에 두고 오라비에게서 눈을 떼지 않았다. 솔 직히 마메는 마르지오가 아버지를 죽인대도 상관없다고 생각했다. 하지만 제정신이 조금은 남아 있던지라 오라비가 바보 같은 짓을 하도록 두지는 않았다.

마르지오는 아비를 죽일 수 없다는 것을, 제가 할 수 있는 일은 아무것도 없다는 것을 깨닫고 집을 나갔다. 그즈음 공설 운동장에는 불 켜진 천막이 여럿이었다. 예쁜 여자들이 표를 팔고 신나고 익살스런 음악이 울려 퍼졌다. 한쪽에선 코끼리가 울어대고 호랑이가 으르렁거렸다. 홀리데이 서커스단이 이 동네에 와서 2주 동안 순회공연을 벌이는 중이었다. 서커스단이 언제 다시 올지는 아무도 모를 일이었다. 1년 만에 올 때도 있고 2년 만에 오기도 했다. 어쩌다가는 5년이 지나도 올 생각을 안 했다. 제아무리 서커스 내용을 다 안다고 해도 이 고장 사람들에게 서커스 공연은 신나는 일이었다. 여자 곡예사들만 더 어린 여자애들로 바뀌었을 뿐 아무리 오랜만에 와도 서커스는 별반 달라지는 것이 없었지만 사람들은 개의치 않았다.

마르지오는 혼자 조용히 표를 샀다. 열흘 하고도 여드레 동안 빨지 않은 지저분한 청바지 주머니에 손을 찔러넣었다. 서커스는 정말 오랜만이었다. 아주 어렸을 적 아비가 데려온 것이 마지막이었다. 하지만 이번에는 휘황찬란한 공연을 즐기러 온 것이 아니라 구경꾼들의 함성 속에 숨어들러 왔다. 그는 거의 천장에 닿을 법한 꼭대기에 자리를 잡고 턱을 괴고서 서커스가 시작하기를 기다렸다. 머릿속에는 아무 생각도 없었다.

지배인이 나비넥타이를 매고 검은 재킷 차림으로 나와 과장된 미소로 환영인사를 하며 서커스단의 순회공연 일정을 읊었다. 그는 해군의 날에 찾아가 공연한 군함이 어떻게 생겼는지 한참을 자랑하더니 앞으로 서커스단이 갈 곳을 죽 늘어놓았다. 다음엔 예쁘장한 여자가 공작 털을 단 모자에 빨간 재킷과 미니스커트, 검은 스타킹에 반짝반짝 빛나는 빨간 구두를 신고 속옷을 슬쩍 보여주며 걸어나오더니, 새빨갛게 칠한 입을 열어 공연 순서를 읽어주었다. 마르지오는 무념무상에 빠져들었다. 평소 같으면 저렇게 차려입은 예쁜 여자를 보면 바로 온갖 추잡한 생각이 날 텐데 지금은 아무 생각도 나지 않았다.

그는 주먹 위에 턱을 올리고 눈을 가늘게 떴다. 옆에는 뚱뚱한 여자와 아이가 쩝쩝대며 땅콩을 먹는 중이었다. 반대편에는 젊은 사내와 사내에게 자꾸 안아달라며 성가시게 구는 여자가 있었다. 사내는 꼼짝도 않고 넋이 나가 보이는 마르지오가 신경 쓰이는지 영 불편해 보였다.

마르지오는 집에서 달고 온 온갖 근심을 잊고 싶었다. 여자 곡예사들을, 그들의 유연한 몸을, 예쁜 다리가 돌림판 위를 돌거나 밧줄에 매달린 모습만 쳐다보며 아무 생각도 하고 싶지 않았다. 그는 오랑우탄이 조그만 자전거를 타는 모양을 보지 않으려고 눈을 감아버렸다. 오랑우탄 쇼가 끝나면 조련사가 처량하게 자전거를 밀고 갈 것이 뻔했다. 애들을 신나서 박수 치게 만드는 자전거 탄 앵무새도 보고 싶지 않았다. 광대들도 짜증나기는 마찬가지였다. 손가락을 까닥하면 광대들이 사라져버렸으면 좋겠다고 생각할 지경이었다. 여자 곡예사들이 나와서 대미를 장식할 인간 피라미드를 만드는데도 아무 감흥이 없었다. 곡예사들은 상상할 수 있는 한 최대의 우아한 방식으로 피라미드를 해체했다. 그러나 그런 근사한 광경도 눈에 들어오지 않았다.

마르지오는 아구스 소프얀의 주점에 가서 한잔할 생각이었다. 그때 납작한 철창이 나왔고 그는 무엇이 나올지 바로 알아버렸다. 그 자리에서 굳어버린 듯 그는 가슴을 졸이면서 기다렸다. 서커스 단원들이 분주하면서도 조심스럽게 움직였다. 곧 높이가 8미터가량 되는 거대한 우리가 준비됐다. 야수의 포효하는 소리가 들렸다. 마르지오는 피가 거꾸로 솟는 것만 같았다. 심장이 어느 때보다 빨리 뛰었다. 이제 주먹 위에 턱을 괴지도 않았다. 손을 무릎 위에 놓고 윗도리가 다 젖게 땀을 흘리면서도 차분하게 기다렸다. 트럭 짐칸이 철창문에 가서 닿더니 조련사가 번쩍거리는 은색 의상을 입고 그 옆에 섰다. 채찍이 펼쳐지고 트럭 문이 열리더니 우아한 야수가 내키지 않는 듯 몇 번이나 뒤를 돌아보며 철창 쪽으로 갔다. 조련사가 바닥에 채찍을 내리치면서 앞으로 가라고 하자 호랑이는 철창 한가운데로 뛰어내렸다.

마르지오는 가슴이 따뜻해지면서 오래된 기억이 떠올랐다. 호랑이의 얼룩덜룩한 몸이 높다란 나무의자에 오르더니 그 위에 주저앉아 제 코를 비벼댔다. 더 정확히 말하자면 발바닥에 침을 묻혀 얼굴을 닦는 중이었다. 아마 이제 막 잠에서 깼거나 제 나름대로 객석의 신사 숙녀들을 맞으려고 몸단장을 하는 중인 모양이었다. 얼마 지나지 않아 친구인 인도 사자 한 쌍이 등장했다. 그 호랑이는 백조처럼 흰색이 아니라 오래된 사진 같은 누런 빛깔이었다. 몸집이 황소만 하지는 않았지만 그렇다고 위엄이 한 치라도 상하는 것은 아니었다. 마르지오는 호랑이가 친근하게만 느껴졌고, 그 기대치 않았던 광경에 사로잡혔다. 운명이 그렇게 정해놓은 것처럼 그저 그렇게 따라가는 수밖에 없었다.

마르지오는 할아버지가 세상을 떠난 후 오랫동안 그 하얀 호랑이를 기다렸다. 호랑이가 아비에게 갔을까봐 안달하기도 했다. 그 때문에 코마르 빈 슈엡을 예의주시했는지도 모른다. 그러나 몇 년째 호랑이가 아비에게 간 낌새는 없었다. 하지만 문제는 호랑이가 아비에게 가지 않았다는 낌새도 없다는 것이었다. 그 때문에 혼자 분노에 차서 몇 달 동안 질투심에 타올랐다. 틈만 나면 정령처럼 살며시 코마르 빈 슈엡이 혹시 호랑이와 대화를 나누는지 염탐하다가 지쳐서 포기했다. 결국은 호랑이가 코마르 빈 슈엡에게 간 게 아니라면 이 집안에서 떠나버린 게 분명하다고 생각하기 시작했다.

그러나 그날 밤 생각이 달라졌다. 서커스가 끝나자 그는 주머니에 손을 찔러넣고 인파 속을 헤쳐나갔다. 머릿속에는 길들여지지 않은 야수의 모습이 생생했다. 그 모습을 떨쳐버릴 수가 없었다. 천막에 그려진 호랑이 그림을 보자 유혹하는 여자를 보기라도 한 듯 더 그 야수를 갈망하게 됐다. 조명등 아래 매표소 옆에서 돌아가는 발전기 근처에서 마르지오는 울타리에 기대 다시 한 번 호랑이를 보고 싶다고 생각했다. 하지만 또 표를 살 돈이 없었다. 혹시 언뜻 호랑이의 모습을 훔쳐볼 수 있을까 기대하며 울타리를 따라 걸어보았다. 하지만 단원들이 짐승을 깊숙이 잘 가둬둔 모양이었다. 피가 뜨거워졌다. 마르지오는 어쩌면 할아버지의 호랑이가 이미 제 몸 안에 있을지도 모른다고 생각했다. 그러니 이제 그 호랑이를 꺼내야 했다.

그날 밤 그는 집에 가지 않았다. 머릿속에는 호랑이 생각이 가득해서 혼자 있고 싶었다. 자정이 다 돼 모스크에 가서 누웠다. 천장에도 이맘의 자리에도 북 받침대에도 어디를 봐도 호랑이가 보였다. 어릴 적부터 모스크나 방범초소에서 자기를 밥 먹듯 해와서, 집에서 잔 날보다 밖에서 잔 날이 더 많을지 모른다. 그날 밤 꿈에는 마하라니를 닮은 공주 정령이 나타나 자기와 결혼해달라고 간청했다. 그리고 아침에 눈을 떠보니 하얀 호랑이가 옆에 있었다. 그렇게 모든 일이 시작됐다.

마르지오는 왜 그렇게 코마르 빈 슈엡에게 화가 나는지 설명할 수 없었다. 아비에게 받아야 할 빚이라도 있는 것 같았다. 빚은 시간이 갈수록 불어나 이제는 생각만 해도 괴로울 정도로 커졌다. 시도 때도 없이 분이 치밀어올라도 주먹을 들지 않은 것은 어머니와 누이에 대한 애정 때문이었을 것이다. 또 코마르는 부실하고 썩었을지언정 집안의 기둥이 아닌가. 마르지오는 아비의 숨을 끊어놓겠다고, 언젠가는 그럴 날이 올 것이라고, 단지 시간 문제일 뿐이라고 생각했다. 그러나 그날은 영영 오지 않았다. 그는 거의 평생을 이 소망을 억누르며 괴로워했다. 괴로울 때마다 시골 사람들이 흔히 그러듯 아무것도 안 하고도 모든 일이 바로잡혀 있기를 바라보았다. 아니면 제가 쓸 수 있는 방법으로는 비극만 벌어질 뿐이라고 스스로를 달래보았다.

마르지오는 자기가 크리슈나 같다고 생각했다. 크리슈나는 화가 머리끝까지 치솟으면 천 개의 머리와 천 개의 손을 가진 브라할라 거인으로 변해 불을 뿜는다. 그러면 신들조차 그를 막지 못한다. 그러나 크리슈나가 괴물로 변하는 일은 거의 없다고 해도 과언이 아니었으며 변한다 해도 아주 잠깐이었다. 바로 그 때문에 마르지오는 자신이 크리슈나 같다고 여겼다. 나중에 그는 제 안에 무언가가 있어서 제가 화가 나면 그것이 튀어나오려 한다고 생각했다. 따라서 제가 할 일은 그놈을 잡아두고 밖으로 튀어나가지 못하게 하는 일이었다. 신들의 이야기에 그렇게 쓰여 있지 않던가. 제아무리 화가 끓어올라도 크리슈나가 그랬던 것처럼 참고 견뎌야 했다.

몇 년간은 그런대로 잘 참아왔다. 막내 마리안이 죽던 그날 밤까지는 인내의 화신이나 다름없었다. 그날은 화를 참지 못하고 마메에게 아비를 죽이겠다고 말해버렸다. 그에게는 마리안의 죽음이야말로 그 집에서 일어날 수 있는 가장 끔찍한 일이었다. 도저히 분노를 억누를 수가 없었다. 그는 그 분노를 사냥철마다 돼지를 쫓으면서 날려버렸다. 돼지에게 작살을 날려 죽이지는 않고 겁을 줄 때마다 그는 코마르 빈 슈엡이 제 작살 아래에 있다고 상상했다. 그러나 이제는 돼지가 아니라 아비의 목을 따고 싶어졌다. 제 안에서 부글부글 끓는 분노를 어떻게든 처리해야 했다. 그래서 마메에게라도 말을 한 것이다.

마리안은 서커스단이 이곳에 오기 일주일 전에 죽었다. 젖을 빨지 못해 뼈만 남은 그 어린것은 숨도 제대로 쉬지 못했다. 열은 없었지만 분명 죽어가고 있었다. 시체에 몰려든 파리 떼처럼 죽음이 어린것의 주변에 어른거렸다. 마르지오는 어린것을 볼 때마다 어머니의 얼굴에 어린 슬픔 때문에 더 슬퍼졌다. 코마르는 가족 중 유일하게 신경도 쓰지 않았다. 어린것을 더러운 것 보듯 쳐다봤고 한 번 만져보지도 않았다. 이 사내는 갓난 딸을 얼러주는 법도 없었다. 생후 7일째가 되면 어린것의 머리를 잘라주고 복을 빌어주는 작은 의식을 치른다. 또 어린 것에게 이름도 지어준다. 그러나 코마르는 그 무엇도 하지 않았다.

마르지오는 허락도 없이 아비의 닭을 잡았다. 그 닭으로 마메와 어머니와 함께 생후 7일 의식을 치렀다. 아비의 이발 도구를 꺼내들며 늙은 이발사를 저주했다. 아기는 어머니의 무릎 위에서 울지도 못하고 힘없이 누워 있었다. 코마르는 아기 이름에 대해 일언반구도 하지 않았다. 그는 그냥 사라져버렸다. 어머니가 이름을 하나 내밀었다. 중간 이름이나 성도 없는 이름이었다.

'마리안.'

아기가 죽고 나자 오히려 안심이 되었다. 그래도 아기에게 이름을 지어주고 머리칼도 잘라주지 않았던가. 마르지오가 이름을 새긴 자그마한 묘비석을 마메가 심은 캄보자나무 아래 세웠다. 그 자리에는 일랑일랑꽃 향기가 났다. 아기가 죽고 나자 마르지오는 아비를 향한 증오로 활활 타올랐다. 아비를 죽여야 한다면 지금이 바로 적기라고 생각했다.

코마르 빈 슈엡은 동트기 전 마리안을 묻은 지 얼마 지나지 않아 집에 들어왔다. 얼굴에는 죄책감도 슬픔도 없었다. 유곽 아니면 쓰레기 더미에서 뒹굴다가 왔을 것이다. 가족도 이웃도 어느 누구도 그에게 아는 척을 하지 않았다. 그는 반쯤 정신이 나간 채 비틀거리며 들어오더니, 눈치도 없이 다들 얼굴이 왜 이 모양이냐고 물었다. 마리안의 죽음을 모를 리 없었다. 되레 어린것이 죽자 신이 나서 들어왔을 터였다. 염치도 없이 부엌에 들어가 앉아 남은 닭을 먹어치우더니 이내 드르렁드르렁 코를 골았다. 그 꼴을 보고 마르지오는 더 이상 참을 수가 없었다. 집에 하나뿐인 냄비를 들어 바닥에 패대기쳤다. 그 요란한 소리에 코마르가 깼다.

이 일로 수년간 지켜져온 휴전 상태는 끝이 났다. 코마르는 아들이 인내심의 한계치에 달한 것을 금방 알아챘다. 그는 제 방으로 들어가 침대에 틀어박혔다. 무엇을 물어도 대꾸하지 않고 아무것도 모르는 척했다. 마르지오가 이렇게 분을 터트린 것은 처음이었다. 전에는 감히 그러지 못했다. 그러나 이제 아비는 아들의 배 속에 성난 코브라 한 마리가 있는 것을 깨달았다. 사실 마르지오도 남들만큼이나 제 행동에 깜짝 놀랐다. 그 일로 모든 것이 바뀌었다. 이제 준비를 해야 한다. 이제 스무 살이 된 그가 오십 먹은 아비를 두려워할 까닭이 없었다. 아비는 침대에서 나오지 않았다. 아들의 행동이 무엇을 의미하는지 너무 잘 알았던 것이다. 이제 더 이상 아들은 어린아이가 아니며 힘으로는 절대 이길 수 없었다.

그 후로 부자는 서로 거리를 두며 싸움을 준비하는 동시에 피했다. 코마르는 이제 너무 늙고 약해서 아들 앞에서 무방비 상태였다. 마르지오는 그런 모습을 볼 때마다 아비에 대한 증오를 꾹꾹 눌러담았다. 호랑이를 만나던 그날 아침까지 분노는 그렇게 차곡차곡 쌓여갔다.

마메는 아주 잠깐 호랑이를 본 적이 있다. 호랑이는 셔츠와 바지를 벗어던지듯 간단히 마르지오에게서 빠져나왔다. 마메는 짐승이 덤벼들 줄 알고 겁에 질려 꼼짝하지 못했다. 그러나 짐승은 이내 마르지오 안으로 들어갔다. 어느 날 저녁 마르지오가 집에 와보니 코마르가 닭을 잡고 있었다. 코마르는 다른 식구에게 도와달라는 말도 없이 샌들 신은 발로 닭 다리와 날개를 고정하고 한 손으로 닭 목을 잡았다. 다른 손에는 식칼을 들고 닭 목을 쳤다. 한 마리 한 마리 닭 목이 날아가는 동안 닭장 안의 닭들은 죽음을 예감하고 날갯짓을 해댔다.

"영감 뭐하는 거야?" 마르지오가 마메에게 조용히 물었다.

"마리안의 재를 올려주려나봐."

이 말에 호랑이가 튀어나왔는지 모른다. 마르지오는 마리안이 살아 있을 때는 거들떠도 보지 않던 빌어먹을 노인네가 이제 와서 재를 올린다니, 참을 수가 없었다. 아비가 막내를 죽인 것이나 다름없지 않은가. 아니 적어도 죽게 내버려뒀다. 그래놓고 이제 와서 그 망할 영감이 재를 올린다는 것이다. 천벌을 받을 영감, 마르지오는 막내의 영혼이 아비의 손이 닿은 것이라면 무엇도 받아들이지 않으리라 생각했다. 바로 그때 마메는 그의 얼굴이 붉어지면서 유령처럼 변하더니 털이 나고 눈은 고양이처럼 노랗게 빛나는 것을 보았다. 으르렁대는 소리가 들리고 눈동자에 하얀 그림자가 어우러졌다. 마메는 하마터면 비명을 지를 뻔했다. 하지만 하얀 그림자는 곧 우리 안으로 사라지고 문은 단단히 잠겼다. 마르지오가 야수를 꼭 붙들었던 것이다.

마르지오가 냄비를 내리친 그날 이후 코마르는 방 안에 틀어박혔다. 이발소에 나갈 때만 밖으로 나왔다가 다시 침대 안으로 들어갔다. 그는 마르지오가 자신을 죽이지 않으면 적어도 덤벼들 줄 알았다. 아들은 금방 다 커버렸다. 코마르는 아들의 나이며 키, 몸무게를 가늠해보았다. 최악의 경우는 그놈이 그 망할 호랑이를 물려받았을 때였다. 죽은 노인은 아들과 손자 사이의 갈등이 최악으로 치닫지 않게 잘 다독여주었다. 그러나 이제 노인은 없었고 마르지오는 더 이상 순종하는 아들이 아니었다. 집에 있을 때는 아무 말 없이 구석에 앉아 있다가 온다 간다는 말도 없이 나가버리곤 했다. 그런 아들을 도발하느니 혼자 분을 삭이는 편이 나았다.

나중에 마메는 아비가 방에서 나오는 것을 보았다. 상냥하기 그지없는 표정이었다. 코마르는 별말 없이 생전 거들떠보지 않던 집안일을 하기 시작했다. 빗자루를 들고 바닥을 쓸었다. 바닥에 먼지 한 톨 없을 때까지 쓸고 또 쓸었다. 아침저녁으로 욕실 물통에 씻을 물을 받아두었다. 다음날 코마르는 빨래를 하겠다고 나서 마메가 할 일을 더 빼앗아갔다. 마메는 아버지를 말리고 싶었다. 이발소에서 돌아오면 피곤할 것이 분명한데 집안일을 하는 것이 마뜩잖았다. 그러나 코마르는 집안일을 모조리 해치웠다.

마메는 마리안의 7일 재를 치른다며 닭을 잡는 것을 보고 코마르의 의도가 무엇인지 알아차렸다. 이마에 그렇게 써 있기라도 한 것처럼 뻔한 일이었다. 그는 다시 가족들과 잘 지내보고 싶었던 것이다. 뒤죽박죽 꼬인 과거사는 접어두고 다시 시작하고 싶었던 것이다. 그러나 헛된 일이었다. 아무도 그의 변화에 감동하지 않았다. 모두 다시 시작하기엔 너무 늦었다고 생각했다. 슬픈 일이었다.

마르지오는 누구보다 싸늘했다. 다정하고 고분고분 구는 아비의 모습에 더 분이 치밀었다. 코마르의 속셈이 무엇인지 빤해지자 분노가 더 끓어올랐다. 아비가 하는 일을 돕고 싶지 않아 집을 나와 이리저리 쏘다녔다. 방범초소 벽을 발로 차다가, 아구스 소프얀의 주점에 가 술을 마셨고, 버려진 플랜테이션에 가서 코코넛을 집어던졌다. 그사이 코마르는 잡은 닭을 씻고 깃털을 뽑았다. 닭고기를 부엌으로 가져가 삶고 튀기고 밥도 지었다. 해 지기 전 이웃들을 찾아가, 마리안의 명복을 빌어줄 이샤 기도에 와달라고 부탁했다.

마르지오는 이웃들이 다 돌아가고 나서야 돌아왔다. 아직 돗자리가 그대로 펴져 있었다. 그때까지 코마르가 모든 일을 주도했다. 마메도 어머니도 손가락 하나 까딱하지 않았다. 코마르는 아들에게 닭튀김이며 감자국을 먹으라고 했지만 마르지오는 손도 대고 싶지 않았다. 그는 부엌을 지나쳐 방으로 들어갔다. 다시 나와서는 화장실에 가서 오줌을 누고 테라스 전등 아래 섰다. 마메가 와서 뭘 좀 먹으라고 권했지만 아무 대꾸도 없이 담뱃불을 붙였다.

마메는 희미한 불빛 아래 오라비의 눈동자에서 이글이글 타오르는 불빛 같은 것을 봤다. 그는 오라비가 아비를 얼마나 죽이고 싶어 하는지 잘 알았다. 눈 속의 그 불빛이 너무 강렬해서 그 눈빛만으로도 아비를 죽일 수 있을 것 같았다. 동시에 오라비가 얼마나 괴로워하는지도 보였다. 선한 마르지오와 악한 마르지오가 벌이는 이 전쟁은 아비의 목숨이 끊어지는 날에야 끝날 것이다. 오라비는 자신과의 싸움으로 이미 지칠 대로 지쳐 보였다. 그러나 코마르 빈 슈엡은 아들의 손이나 아들의 호랑이에게 죽지는 않을 것이다. 그날 밤 마르지오는 담배꽁초를 마당에 던지고는 마메에게 말했다. "집을 나가야겠어. 여기 있다가는 저 인간을 죽이고 말 거야."

마메는 그 말이 진심이라고 생각하지는 않았다. 그에게 그 말은 '집을 나가고 싶다'는 소리로만 들렸다. 집을 나가야 할 이유 같은 것은 없었다. 오라비는 걸핏하면 집에 안 들어왔다. 벌써 몇 년째 집에 있기 싫어서 방범초소나 모스크에서 잔 날이 더 많았던 것이다. 정말로 오라비가 집을 나가고 싶다 해도 늘 가는 곳에 가면 찾을 수 있을 것이라고 생각했다. 마메는 제 생각이 틀렸다는 것을 뒤늦게야 깨달았다.

평소와 다를 것 하나 없는 어느 아침 마르지오는 갑자기 사라졌다. 친구들이 제일 먼저 그가 사라진 것을 알았다. 한낮이 될 때까지 어디서도 그가 보이지 않았다. 누가 서커스단의 공연장에서 봤다고 했지만, 벌써 어젯밤의 일이었다. 서커스단은 이미 짐을 싸서 떠났고 어디로 갔는지도 모를 일이었다. 사람들은 서커스단 여자의 꼬임에 넘어가 마르지오가 따라간 것이 분명하다고 했다. 그러나 그는 반드시 고향과 사랑하는 여자에게 돌아올 것이라고들 했다. 어쨌거나 친구들은 마르지오가 안와르 사닷의 딸인 마하라니와 몰래 만나는 것을 알고 있었던 것이다. 친구 몇몇이 오라비를 찾으러 집에 오자 마메는 정말로 그가 가버렸구나 하고 생각했다.

마르지오가 사라지자 여럿이 낙담했는데, 그중에서도 돼지 사냥 준비를 마친 사드라 소령이 제일 서운해했다. 코마르빈 슈엡도 그에 못지않았다. 그는 일주일 동안은 맏이의 가출을 애써 모른 척했다. 평소처럼 지내면서 남은 닭들과 토끼 세 쌍에게 먹이를 주고, 아침이면 자전거를 타고 집을 나섰다. 오래된 자전거는 녹슬고 체인은 삐걱거렸다. 동네의 다른 자전거들과 달리 브레이크도 등도 없었다. 그 자전거를 타고 시장에 가서 야채장수가 버린 썩은 당근이며 배추를 줍고 방앗간에 들러 쌀겨를 얻어와 짐승들을 먹였다. 쌀겨는 미지근한 물에 잘 섞어 코코넛잎 여러 장에 놓아주지 않으면 닭들이 서로 엉켜붙어 싸워댔다. 반면 썩은 당근과 배추는 토끼장 안에 던져주기만 하면 됐다. 코마르는 몸을 바쁘게 움직였다. 특히 집안일을 열심히 하면서 마르지오가 없어도 아무렇지 않은 척했다. 하지만 마메는 아비의 심정이 어떨지 알 것 같았다.

어느 날 아침 코마르가 물었다. "마르지오는 왔냐?"

"아뇨, 하지만 결혼할 때가 되면 꼭 돌아올 거예요." 마메가 조용히 대답했다.

이 말은 그에게 위안이 되지 못했다. 얼마 지나지 않아 코마르는 몸이 급속도로 나빠지더니 온갖 병에 걸렸다. 그토록 상실감이 컸던 것인가. 그는 침대에서 다시는 나오지 못했다. 몸이 비척비척 말라가더니 열이 올라 헛소리를 했다. 남들의 머리를 잘라주던 일을 그만두더니 이제 제 영혼을 싹둑싹둑 잘라냈다. 코마르는 배 속에 못이 든 것 같다고 하더니 곧 피를 토했다. 살갗은 푸르죽죽해지고 몸이 퉁퉁 부었다. 마메가 병원에 가서 상태를 설명하니 의사는 당장 환자를 데려오라고 했다. 마메는 외삼촌들을 불러 코마르를 들것에 실어 갔다. 의사는 읊어야 할 병명이 너무 많아서 제대로 다 얘기해주지도 못했다. 그날 코마르는 서늘하고 귀신 많은 병동에서 잤다.

누라에니는 남편의 병 수발을 들지 않겠다고 했다. 어쩔 수 없이 마메가 그 짐을 떠맡아야 했다. 코마르는 오래가지 못할 것 같았다. 일랑일랑꽃이 화르르 피더니 캄보자꽃과 츰파카꽃도 흐드러지게 피어났다. 멀리서 까마귀들이 까악까악 울어댔다. 코마르는 병원에서 이틀을 보내고 마메에게 단호한 어조로 집에 가겠다고 했다. "의사는 필요 없다. 내 무덤이 다 파질 때까지는 버틸 만하니까."

그때만 해도 말을 할 수 있었다. 그러나 어느 아침부터는 입도 열지 못하게 됐다. 입은 더 이상 주인의 말을 듣지 않았고 턱은 말도 못하게 뻣뻣해졌다. 전에도 이런 적이 있었다. 그때는 두쿤이 양파즙을 바르고 목과 발을 한참 주물러주자 괜찮아졌다. 그러나 이번에는 두쿤 세 사람이 차례로 와서 턱을 주물러봤지만 허사였다. 마메가 생각하기에 코마르는 다시 입을 못 열 것 같았다. 아니 아무래도 오래 살지 못할 것 같았다. 그는 침대 위에서 데굴데굴 구르면서도 제 뺨을 치고 입을 할퀴어대며 안 그래도 통증으로 무너져가는 몸을 괴롭혔다. 유동식 말고는 음식을 삼키지 못해 마메는 매일 흰죽을 끓여야 했다.

어느 날 밤 마메는 신음 소리를 듣고 병상으로 가 아비에게 어디가 아픈지 물었다. 그러나 그는 어디가 아픈 것이 아니라 입을 열어 말을 하기 위해 안간힘을 쓰고 있었다. 마메는 가까이 다가가 그가 무슨 말을 하려고 하는지 들으려고 했다. 하지만 소용없었다. 코마르의 신음 소리는 도무지 알아들을 수 없었다. 마메는 학교에서 쓰던 종이와 연필을 가져와 아비 손에 쥐어주었다. 그러나 손도 제대로 쓸 수 없게 된지라 코마르는 더 끙끙거리기만 했다. 마메의 머리에 묘안이 떠올랐다. 이번에는 마메가 연필과 종이를 들고 짐작으로 써 보이면 코마르가 고개를 끄덕이거나 저었다. 그렇게 알파벳을 하나씩 맞춰가며 짧은 문장 하나를 만드는 데 그날 밤이 거의 꼬박 지나갔다. 죽어가는 사내는 간신히 제 마지막 소원을 전했다. "마리안 곁에 묻어다오."

다음날 마메는 어머니에게 이 소원을 전했다. 누라에니는 입을 아예 열지 않은 지 오래됐지만 이번에는 어쩐 일인지 기꺼이 대답해주었다. "묘지기한테 그렇게 말하렴."

코마르 빈 슈엡은 죽어가면서도 가족들과 화해하고 싶었던 것이다. 특히 제가 죽였을지도 모를 어린것에게 용서를 빌고 싶었다. 마메가 밤에 침대에 누웠는데 지붕 위에서 까마귀 우는 소리가 들렸다. 까마귀가 날아가고 나서도 그 소리가 뇌리에서 지워지지 않았다. 미신을 믿고 싶지는 않았지만 까마귀가 지붕 위에서 울면 그 집에 상이 난다고들 했다. 마메는 새벽까지 잠들지 못했고 코마르는 그때 죽음을 맞았다. 집 나간 아들을 기다리는 고통이 그렇게 컸던 것일까. 마메는 아버지가 오라비를 애타게 기다린다는 생각만 하면 마음 한구석이 먹먹해졌다. 아버지가 죽기 전에 돌아온다면 오라비는 아버지의 숨을 끊어놓고 말 것을 뻔히 알면서도 그랬다.

그날 새벽 마메는 침대에 늘어져 누운 아비를 발견했다. 몸뚱이는 벌써 심하게 상해 시체를 먹는 까마귀조차 달려들지 않을 정도였다. 아무도 그의 목을 베지 않았다. 코마르는 식구 중 누군가가 언젠가는 제 목을 벨 것이라고 생각했다. 그러나 마르지오조차 그를 건드리지 않았다. 그는 혼자 그렇게 죽었다. 사요나라, 그는 마지막 날들을 돌아보며 쉰내 나는 잠자리와 축축한 방과 메마른 세계를 둘러보았다. 그리고 저승사자를 따라 창문 사이로 빠져나갔다.

131호 집에서 마메가 제일 먼저 일어났다. 그는 몽유병 환자처럼 덜 깬 상태로 죽어가는 아비가 더 이상 할 수 없는 일들을 해치웠다. 작은 들통에 따뜻한 물과 작은 수건을 넣어 아버지의 방에 갔다. 죽어가는 코마르는 통증이 극심한 데다 콧구멍에서는 무덤의 흙냄새가 났지만 안간힘을 다해 기도를 하겠다고 나섰다. 마메는 수건을 짜서 아버지의 손발과 얼굴을 닦아주고 기도하는 자세로 만들어주었다. 그렇게 하루에 다섯 번씩 기도했다. 마메가 가서 손만 대도 그는 눈을 번쩍 떴다. 새벽 기도를 할 시간이라고 말만 하면 그는 이부자리에 딱 붙은 양 꼼짝을 못하면서도 눈을 떴다. 삼단으로 쌓인 썩어가는 베개 위에 머리를 올리고, 병원에서 가져온 흑백 줄무늬 담요 아래 덜덜 떨리는 몸을 두었다.

그러나 그날 새벽에는 마메가 가서 손을 대도 그는 일어나지 않았다. 몸을 흔들어봐도 그는 꼼짝하지 않았다. 눈은 뜬 채였지만 혼은 이미 빠져나간 후였다. 마메는 그제야 무슨 일이 벌어졌는지 알았다. 들고 온 물통을 떨어뜨릴까봐 바로 내려놓았다. 그는 제 가슴 위에 손을 얹고 중얼거리다 영화에서 본 대로 아버지의 눈을 감겨주었다. 사요나라, 가위와 빗이 증인이 되어줄 거예요. 그는 아버지의 영혼이 빠져나갈 구멍이 있는지 방 안을 둘러보았다. 바닥에는 지난밤 그가 아버지의 이마를 식히는 데 쓰던 물그릇이, 저쪽에는 야채죽 그릇이, 침대 곁 탁자에는 손도 안 댄 바나나와 찻잔이 널려 있었다.

열여덟 평생 아버지에게 귀고리 한 짝 받아본 적 없었다. 양 귓불에는 뚫은 구멍이 막힐까봐 매트리스 스프링 철사를 끼워두었다. 나중에 금이라도 몇 냥 생길지 누가 알겠는가. 그래도 아버지는 바닷가에 데려가 모래성을 쌓는 법을 알려주기도 했다. 이둘 피트리 즈음에 새 크바야*를 맞추라고 하기도 했다. 영화관에 데려가 〈판다와 리마〉를 보여주기도 했다. 그러나 이 모두는 코마르가 죽고 나면 마메가 기억하지 못할 일이었다.

안와르 사닷의 집 동쪽에 자리한 모스크에서 새벽 기도를

---

* 인도네시아 여성들이 예복으로 입는 레이스 블라우스.

알리는 소리가 들렸다. 마 소마의 허스키한 목소리가 들리고 이웃들이 문을 여는 소리가 났다. 열쇠를 돌리고 걸쇠를 밀어 넣는 소리가 나더니 슬리퍼를 끄는 소리가 모스크로 이어진 골목에 울려 퍼졌다. 곤히 자던 똥개들이 깨서 짖어대고 수탉들이 날개를 퍼덕이더니 요란하게 네 번 울었다. 마지막 울음소리는 긴 한숨처럼 들렸다. 마메는 어머니와 같이 자는 방으로 들어가 누라에니에게 속삭였다. "아빠가 돌아가셨어요." 어머니가 깨자 그는 제가 아비의 목을 조른 것이 아니라 자연사했다고 일러주었다.

누라에니는 부엌으로 가더니 곤로 앞 의자에 앉아 곤로와 냄비에게 중얼중얼거렸다. 늘 있는 일이었다. 그는 정신이 좀 나갔거나 적어도 딸에게는 그래 보였다. 마메는 어머니를 따라가 부엌 문가에 서서 어둑어둑한 광경을 보며 기다렸다. 죽은 아버지를 어떻게 해야 할지 몰랐다. 오라비가 빨리 돌아와 어떻게 할지 알려주지 않으면 코바르 빈 슈엡은 침대에서 썩어문드러질지도 모를 일이었다.

그렇게 쥐죽은 듯 고요한 가운데 흐느끼는 소리가 들렸다. 어머니가 중얼중얼대다가 울고 있었다. 처음에 마메는 어머니에게 평생 자신을 두들겨 패온 남편에게 조금이라도 연민이 남아 있는 것인가 싶어 깜짝 놀랐다. 그러나 곧 그런 남자와 살아온 세월이 서러워서일 것이라고 고쳐 생각했다.

코마르가 뒷마당에서 키우던 짐승들은 시끄럽고 식탐이 심했다. 그가 자리에 누운 후로는 그 불쌍한 짐승들을 먹일 썩은 채소며 쌀겨도 없었다. 어쩔 수 없이 짐승들을 돌보게 된 마

89

메는 부엌에서 나오는 음식 찌꺼기를 먹었다. 주인이 갔으니 저것들도 따라가야 하는 게 아닌가, 마메는 혼자 생각했다. 하지만 나중에 재를 올리려면 저것들이 필요할지도 모른다. 오라비가 몰래 그랬던 것처럼 저것들의 목을 쳤으면 하고 생각했다.

부엌에서 흐느끼는 소리는 그치지 않았고, 마메는 여전히 부엌 문가에 서 있었다. 연극에서 마지막 장이 끝나기를 기다리는 것처럼 그는 커튼이 내려오기를 기다렸다. 어머니를 불러 무엇이라도 하게 하고 싶었지만, 어머니도 자신도 무엇을 해야 할지 모르기는 마찬가지란 생각에 그저 물러서 있었다. 마메는 부엌 등을 켰다. 등을 켜는 스위치는 곡식을 넣어두는 광 안에 있었다. 거기는 광이라고 하기는 뭣하고, 코마르가 이발을 해서 번 돈으로 시장에서 사오는 2~3킬로그램 남짓한 쌀자루 옆에 파파야며 바나나가 익을 때까지 넣어두는 상자가 있는 공간이었다. 부엌이 밝아지자 누라에니는 흐느끼기를 멈추었지만 여전히 마메에게 등을 돌리고 곤로를 바라보며 슬픔에 젖어 있었다.

마메는 어쨌거나 평상심을 잃어서는 안 되겠다고 생각하며 누라에니가 말을 거는 냄비를 들었다. 냄비에는 우물에서 길어온 물이 한가득이었다. 곤로에 불을 붙이자 불꽃이 어머니의 퉁퉁 부은 얼굴 위로 번졌다. 갑자기 그 얼굴이 시체보다 더 하얗게 질린 인형 얼굴처럼 보였다. 아침마다 아버지를 깨우러 가면서 하던 대로 물을 데웠다. 문득 아버지의 죽음이 어머니에게 정말로 견디기 어려운 일일지 궁금해졌다. 마메는 오히려 기분이 더 좋아졌던 것이다.

　모녀는 그렇게 모스크에 갔던 사람들이 돌아오는 소리가 들릴 때까지 한참을 조용히 있었다. 마메는 그제야 밖으로 나가 사람들에게 부고를 전하고 시신을 어떻게 할지 도움을 청해야겠다고 생각했지만, 얼굴에 기쁜 기색이 드러날까 두려웠다. "아저씨, 저희 아버지가 돌아가셨어요"라고 말하는 말투가 기쁘게 들리면 어쩔까 걱정되었다. 그는 어머니가 뭐든 말해주기를, 어느 집에 먼저 가서 소식을 전하라고 지시해주길 바라며 발자국 소리가 멀어지기를 기다렸다. 마리안이 죽었을 때는 마르지오가 다 알아서 했다. 그래서 마메는 누구에게 얘기를 해야 할지도 몰랐다.

　사방에서 하루가 시작되는 소리가 들려왔다. 이웃들이 곤로에 불을 켜고 아이들이 바나나나무로 가서 오줌을 눴다. 들통에 씻을 그릇이 차곡차곡 쌓이고, 우물에서 날라져온 물동이가 화장실 물통에 물을 채웠다. 빈 바구니 혹은 팔 것이 가득한 바구니를 들고 시장으로 향하는 자전거 소리가 들렸다. 멀리 길에서는 마차의 종 소리가 말발굽 소리와 어우러져 화음을 냈다. 개들이 모래 더미에 다시 눈을 붙이러 가기 전에 또 짖어댔다. 그러나 이 집 부엌에서는 물 끓는 소리와 누라에니가 어깨를 흔들며 몸을 떠는 소리밖에 들리지 않았다.

　이 여자야말로 코마르 빈 슈엡이 그토록 잔인하게 올라타던 여자가 아닌가, 하고 마메는 생각했다.

　아주 오래전의 일이었다. 그러나 마메는 그날 밤을 잊지 못했다. 날이 제법 쌀쌀한데 오줌이 너무 마려웠다. 마메는 오줌보가 터지기 직전까지 참고 또 참다가 침대에서 일어났다. 어머니가 보이지 않아서 다른 방에 가보았더니 오라비가 시체처럼 자고 있었다. 아직 깜깜한 밤인지라 도무지 혼자서 화장실에 갈 엄두가 나지 않았다. 하지만 마르지오가 너무 깊이 잠들어서 깨울 수가 없었다. 마메는 어머니가 어디 있는지 찾으며 부엌으로 가 곡물 창고의 스위치 근처까지 갔다.

불을 켜지는 않았다. 이웃집 테라스의 불빛이 창고 창문으로 비쳤다. 창고 안 상자 위에 두 벌거벗은 몸뚱이가 뒤엉켜 있었다. 그 모습이 꼭 플랜테이션 농장에서 열린 일요일 경마에서 본 말과 기수 같았다. 상자 위 두 사람의 어슴푸레한 윤곽을 보며 그는 경마장에서 본 장면들을 생생하게 떠올렸다. 누라에니는 질주하는 말처럼 몸을 숙였고 코마르가 뒤에서 달려들고 있었다. 코마르의 엉덩이가 요란하게 움직여댔고 그때마다 누라에니는 목 잘리기 직전의 소처럼 신음 소리를 냈다. 이 장면 또한 이둘 아드하 희생제에서 본 소 도살 장면처럼 생생했다.

마메는 오줌을 쌀 것 같았지만 멍하니 서서 꼼짝하지 못했다. 땀에 젖은 두 몸뚱이를 쳐다보며 어머니가 거칠게 다뤄지면서 내는 신음 소리를 듣고 있었다. 그는 간신히 화장실에 가서 오줌보를 비우고 광 쪽은 다시 쳐다보지도 않고 방으로 돌아왔다. 도무지 잠을 이룰 수 없었다. 여러 해가 지나도 그 기억은 생생하게 되살아나 부모를 마주할 때마다 비애와 혐오가 동시에 밀려왔다.

마메는 그때 겨우 열네 살이었다. 한창 제 몸의 변화, 특히

나 그의 표현대로라면 살이 "갑자기 제 가슴을 뚫고 나와" 놀라고 당혹스러울 때였다. 제 단단한 젖꼭지를 보면서 반쯤은 자랑스러운 어조로 "꼭 총알 같다"고 생각하기도 하고, 아직 가슴의 형태가 잘 드러나지 않아 속상해하기도 했다. 그러나 만약 조금이라도 셔츠 위로 가슴이 드러난다면 남자들은 불쾌한 시선으로 뚫어져라 쳐다볼 것이다. 매일 아침 일어나보면 밤사이 가슴이 조금씩 더 자란 것 같아서 자기 말고 다른 성숙한 여인이 제 몸을 뚫고 나오는 것이 아닌가 하는 생각을 하게 했다.

마메는 욕실 문을 닫고 혼자서 제 몸을 거울에 비춰보기를 좋아했다. 물을 받아두는 욕조 위에 커다란 거울이 있었다. 고양이가 찬장을 넘어뜨려 박살내는 와중에 살아남은 것이었다. 그 거울은 다른 세계로 들어가는 마법의 문이었다. 마메는 욕실에서 있는 시간의 반절은 벌거벗고 거울 앞에 서서 제 몸 특히 봉긋하게 솟아나는 가슴을 바라보는 데 썼다. 그는 나날이 자라나는 제 젖가슴이 좋았다. 양손으로 감싸서 어제보다 얼마나 더 자랐는지 재보고 안에는 뭐가 들었을까 만지작거리곤 했다. 이웃의 풍만한 몸매를 가진 여인을 남몰래 흠모하며 그의 몸짓을 흉내 내보기도 했다.

그러나 그가 서 있는 그 작은 세계는 결코 안전한 곳이 아니었다. 욕실 문에 걸쇠가 떨어져나가 문을 걸어잠글 수 없었던 탓이다. 식구 모두 씻을 때마다 새 걸쇠를 사야겠다고 생각하고는 욕실을 나가는 순간 잊어버렸다. 안에서 무슨 소리가 나면 누가 있는가보다고 여길 뿐이었다. 하루는 마메가 물에는 손도 안 대고 거울 속의 제 가슴을 들여다보고 있는데 갑자기 문이 열렸다. 순간 시간이 멈춰버렸다.

코마르 빈 슈엡이었다. 속옷 바람으로 한 손엔 담배를 물고 다른 손은 팬티가 내려가지 않게 고무줄을 쥔 채였다. 마메는 비명을 질렀다. 그러고는 털썩 주저앉아 얼굴을 무릎 사이에 파묻었다. 그는 평생 이 순간을 잊지 못했다. 고개를 무르팍에 처박고 있는 사이 코마르가 아무 말 없이 문을 닫고 나갔다.

이제 아빠가 가슴이 나온 것도 음모가 난 것도 알아버렸어, 마메는 생각했다. 코마르는 딸의 비밀을 폭로하지 않았다. 그는 마메가 자신이 그날 본 것을 잊어버리기를 바라는 줄 알고 있었지만, 이유는 알 수 없어도 그는 평생 그 광경을 잊지 못했다. 마메도 알았다. 처음 마메는 코마르와 얼굴도 마주치지 않으려고 들었다. 그래서 그는 책상 위에 딸에게 줄 용돈을 올려놓기만 했다. 그는 악마가 들린 양 막돼먹은 짓을 마다않는 인사였지만 딸의 벗은 몸은 볼 생각도 없었고 보고 싶지도 않았다. 그러나 마메는 아버지가 제 소중한 무언가를 침범했다고 느꼈다. 코마르도 그 사실을 잘 알았고 그 일 때문에라도 딸이 나중에 식칼을 들고 덤비지 않을까 하는 생각도 했다. 그러나 마메는 죽어가는 그의 병 수발을 들었다.

코마르의 죽음은 마메에게도 신이 날 일이었다. 그러니 누라에니도 함께 기쁨을 누려야 했다. 아니면 그에게서 놓여났다는 안도감에 너무 기뻐서 저렇게 우는 것일까?

아침이 왔지만 모녀 중 누구도 침대에서 뻣뻣해져가는 시체를 수습할 생각을 하지 않았다. 모녀는 부엌에서 벗어나지 못하고 꼼짝 않고 있다가 가끔 일어나 허리를 폈다. 물이 끓어 오르자 마메는 불을 껐다. 쌀을 안쳐 밥을 해야겠지만 곤로 앞에 꼼짝 않고 앉은 누라에니를 보니 아무것도 할 엄두를 내지 못했다.

밖에서는 등교하는 아이들이 지나가고, 날이 점점 따뜻해지면서 온 세상은 노랫소리와 움직임으로 가득해졌다. 오직 이 집 안만 사방이 꽉 막힌 채 더 어두워졌다. 두 여자는 세수도 안 한 채 점점 더 꾀죄죄해졌지만 씻을 생각도 하지 못했다. 시간이 멈춰버렸다. 마메는 다시 문가에 서고 누라에니는 울기를 멈췄지만 여전히 꼼짝하지 않았다. 날이 밝자 지붕의 틈새와 금간 벽 사이로 들어오는 햇빛 덕에 죽음의 냄새가 좀 엷어지는 것 같았다.

오후 1시가 지나서였다. 마메가 오줌을 누려고 화장실로 나섰다. 무심코 문을 열자 작열하는 한낮의 빛이 부엌으로 쏟아져 들어왔다. 마메가 휘청휘청 걸어나가자 콧구멍 안으로 앞마당의 싱그러운 향기와 꽃덤불의 냄새가 들어왔다. 그는 가만히 테라스에 섰다. 구깃구깃한 옷에 헝클어진 머리가 지난밤 폭우에 시달린 허수아비 꼴이었다. 이웃인 자파르가 지나가다가 마메의 황망한 행색을 보고 멈춰 섰다. 두 사람은 서로 빤히 쳐다보았다. 자파르는 이 처녀 아이가 정신을 놓았나보다라고 생각했다. 마메의 눈동자는 텅 빈 데다 빛이라고는 없었다.

"왜 그러고 섰니?" 자파르가 물었다.

그런 대답이 어디서 나왔는지 모를 일이다. 마메는 정말이지 그렇게 대답할 생각이 없었다. "아빠가 돌아가셨는데 지금 썩어가고 있어요."

자파르는 그 말이 무슨 소리인지 알아듣는 데 시간이 조금 걸렸다.

"오, 신이시여. 그럼 벌써 몇 주가 지났단 말이냐?"

"아니요, 어젯밤에요."

마침내 정말로 시체가 썩어 들어가기 전에 돌볼 사람이 나타났다. 자파르가 키야이 자로에게 소식을 전하자 마 소마가 모스크의 스피커로 동네에 알렸고 이웃들이 집으로 왔다. 누가 긴 의자와 시신을 염할 물통을 가져왔다. 묘지기가 코마르의 관 치수를 재고 키야이에게 담배를 얻어갔다. 묘지기가 가기 전에 마메는 코마르의 묘를 마리안 옆에 써달라고 부탁했다. 그것이 망자의 뜻이라고 거듭 당부했다.

사람들이 몰려와 시신을 테라스로 내가고 다시 우물로 다시 모스크로 옮기느라 분주하고 떠들썩한데도 마메와 누라에니는 꼼짝하지 않았다. 그저 벌어지는 일을 멍하니 바라보기만 했다. 마메는 그나마 좀 더 정신이 있어 보였다. 아직 머리는 산발이고 옷도 그대로고 세수도 목욕도 하지 않았지만 그래도 사람들이나 제 삼촌들과 말을 하기도 했다. 누라에니는 여전히 부엌에서 꼼짝도 하지 않고 있었다. 이제 코마르 빈 슈엡이 묻힐 시간이 다가오는 것을 깨닫고는 다시 슬픔에 빠져 흐느끼기 시작했다. 다들 그가 정신을 놓은 줄 아는지라 아무도 그를 귀찮게 하지 않았다. 누라에니가 자기도 따라 묻히겠다고 하지 않는 다음에야 모두 그가 하고 싶은 대로 하게 내버려뒀다.

그즈음에야 마르지오가 집에 돌아왔다. 세상의 모든 빛이 그에게서 뿜어져 나오듯 환한 얼굴이었다. 이제 그가 상주 노릇을 떠맡았다. 마르지오는 다시 한 번 품행이 단정한 아이가 되어 모스크로 가 장례 기도를 올렸다. 누가 봐도 너무 신이 나서 어쩔 줄 모르는 얼굴이었다. 마메가 마당의 꽃덤불에서 꽃을 따자 누라에니는 영 못마땅한 기색이었다. 이 정신 나간 여인은 이상한 방식으로 딸의 행동에 불만과 슬픔을 표출했다. 그러나 마메는 신경 쓰지 않았다. 그저 묵묵히 바구니에 꽃을 따 모았다.

한편 모스크에서 코마르는 은색 술이 달리고 샤하다* 구절이 새겨진 황금색 천에 싸였다. 키야이 자로가 앞에서 기도를 이끌고 장례 행렬이 뒤따랐다. 돼지 사냥에서 막 돌아와 흙투성이인 마르지오의 사냥 친구들이 대부분이었다. 마르지오는 관 옆에서 마메가 준 꽃을 던지며 따라 걸었다. 코마르 빈 슈엡은 부디 다르마 공동묘지의 캄보자와 츰파카나무 옆에 묻힐 예정이었다. 성난 어린것 마리안이 기다리고 있었다.

장례 행렬이 떠나자 집은 다시 조용해졌다. 기도 소리가 점점 멀어져갔다. 마메와 누라에니는 다시 침묵 속에 빠졌다. 누라에니가 부엌에서 나왔다. 지치고 배고파 보였지만 집에는 먹을 것이라고는 없었다. 그는 지친 몸을 끌고 거실을 지나 테

---

* 이슬람교의 신앙 고백. "알라만이 유일한 신이며 무함마드는 그의 사도"임을 인정한다는 내용.

라스로 나왔다. 꽃덤불을 보니 제일 좋아하는 꽃은 다 사라졌
다. 그는 좀 전에 코마르를 염한 그 긴 의자에 앉았다. 마메는
어머니의 움직임을 눈으로 따라가며, 끔찍한 그날 밤의 이미
지를 떠올렸다. 남편 밑에 깔려 목 잘리기 직전의 소처럼 신음
하던 어머니의 슬픈 얼굴을 생각했다. 갑자기 어떤 생각이 떠
올랐다. 마메는 어머니에게 다가가 말했다.

"엄마, 재혼하셔야지요."

누라에니는 그제야 정신이 들더니 딸의 뺨을 매섭게 후려
쳤다. 마메의 뺨이 벌겋게 달아올랐다.

셋

131호 집으로 이사할 때 마르지오는 일곱 살이었다. 그는 나중에 이삿날을 얘기하면서 "소[#] 가족의 소풍"이라고 불렀다. 식구들은 코마르 빈 슈엡이 거듭해서 "진짜 우리 집"이라고 부르는 곳을 향해 장장 세 시간에 걸친 모험을 떠났다. 자갈길은 걸핏하면 물웅덩이로 변해서 물을 가르며 지나가야 했다. 그 모습이 모스크에서 코란 읽기가 끝나면 마 소마가 얘기해주던 홍해를 건너는 유대인들 같았다.

식구들은 살찐 소 한 쌍이 끄는 수레에 탔다. 정미소 주인에게 거저 빌려온 것이었다. 트럭을 빌릴 만한 형편이 아니었다. 코마르 빈 슈엡이 제일 앞에 앉아 한 손에는 고삐를 잡고 다른 손에는 채찍을 들었다. 옆에는 누라에니가 은색 꽃무늬가 박힌 진녹색 머릿수건을 쓰고 어린 마메를 무릎에 앉혔다. 그는 벌써 여러 번 이사 가기 싫다는 아이들을 알아듣게 타일

99

러야 했다. 마르지오는 혼자 둘둘 만 매트리스 위에 앉아서 냄비며 양동이가 떨어지지 않게 지켜봐야 했다. 수레가 덜컹거리다 물건이 떨어지기라도 하면 소리를 지르며 뛰어내렸다. 하지만 수레는 멈추지 않았다. 소년은 떨어진 물건을 던져 올리고 수레 끄트머리를 잡고 뛰어올랐다. 그리고 다시 매트리스 위에 앉거나 드러누워 하늘 위로 날아가는 새를 보았다.

사실 바닷가를 따라 난 아스팔트 길로 가는 편이 훨씬 가까웠다. 하지만 코마르 빈 슈엡은 트럭과 버스가 질주하는 그 길에서 소들이 겁을 먹을까 걱정이었다. 그래서 구불구불한 옛길을 따라 언덕을 넘고 논을 건너고, 대나무 숲 그림자가 드리워진 마을을 지나갔다. 그런 마을의 집 마당에서 여자는 낟알을 말리고 남자는 뗄감을 쪼개기 마련이었다. 수레가 마을을 지나자 사람들은 일손을 멈추고 이 나그네들을 쳐다보았다. 그럴 때마다 누라에니는 부끄러워 머릿수건 아래로 얼굴을 감추었지만, 코마르 빈 슈엡은 당당하기만 했다. 누가 어디로 이사가느냐고 묻기라도 하면 거리낌 없이 그 위치를 알려주었다.

길가에서 맨발에 반쯤 벗은 동네 아이들이 쳐다봐도 마르지오는 눈길도 주지 않았다. 《마하바라타》의 등장인물 카드를 손에 들고 누가 아르주나이고 카르나인지 누가 나쿨라이고 사데와인지 판별하느라 여념이 없었다.* 간간이 수레바퀴가 나

---

* 산스크리스트 대서사시 《마하바라타》는 인도네시아의 그림자인형극 와양의 중심 이야기며, 와양은 인도네시아인들에게 이야기의 원형이다. 등장인물 중 아버지가 다른 형제인 아르주나와 카르나, 쌍둥이인 나쿨라와 사데와는 와양에서 비슷한 형상으로 재현된다.

뭇가지나 사람 머리통만 한 돌에 걸려 덜컹이거나 위태롭게 매달린 냄비나 옷 보따리가 덜렁거릴 때만 그쪽을 바라보았다. 소년은 옛집을 떠나기 싫었다. 함께 카드놀이와 구슬치기를 하고 연을 날리고 귀뚜라미를 잡던 친구들을 잃는 것이 서러웠다. 새로 가는 동네에서는 사귈 수 있는 동무가 옛 동무들의 절반이 안 될지도 모른다.

원래 살던 집은 자갈길이 서로 만나는 사거리, 월요시장이 서는 자리 한 귀퉁이에 있었다. 일주일에 한 번 월요일 아침마다 장사치들이 몰려와 길가건 남의 집 앞이건 자리만 있으면 전을 폈다. 코코넛, 바나나, 파파야, 카사바도 내놓고 자전거 위 나무 진열대에 예쁜 옷을 늘어놓기도 했다. 노파는 꽃을 팔고 소나 물소며 양을 끌고 나와 파는 이도 있었다. 닭과 오리가 발이 묶인 채 늘어서 있고 이런저런 물고기가 양동이에 담겨 있었다. 여자들은 장을 보러 나왔고, 작은 트럭들이 코코넛이며 바나나, 카사바를 싹 쓸어가기도 했다. 월요일도 아닌데 테라스에 나와 있는 사람이 있었는데 그이는 바로 이발사 코마르 빈 슈엡이었다. 큰 거울을 탁자에 기대놓고 면도 도구를 늘어놓고 의자를 놓고, 솜씨 있게 친 못에 수건이며 이발용 가운을 걸어두었다.

그 집은 사실 제대로 된 집이 아니라 원래는 코코넛 창고였다. 바로 옆에는 사방을 유리로 둘러친 으리으리한 저택이 있었다. 바닥에 깔린 상아색 타일은 식모가 매일같이 닦아 반짝반짝 빛났다. 집을 둘러싼 작은 정원에는 로즈애플나무 여러 그루와 오렌지나무며 망고나무가 있고, 밤이면 트럭 두 대가 주차하는 빈터가 있었다. 어느 날 집주인은 자기 소유의 식용유 공장 뒤에 새로 코코넛 창고를 짓더니, 아내와 자식들을 버리고 어디론가 가버렸다. 그러면서 비게 된 이 집의 코코넛 창고에 코마르 빈 슈엡과 누라에니가 들어가 살게 된 것이다. 마르지오는 아직 배 속에 있을 때였다. 집세는 매달 열두 명을 이발해주고 다른 일꾼들을 도와 저택을 돌보는 것으로 대신했다.

그 집은 집이라고 할 수 없었다. 사방 몇 길쯤 되는 외벽만 있을 뿐 방 한 칸도 없었다. 먼저 코코넛 껍질을 치우고 전갈이며 온갖 벌레와 쥐를 물리치고 나서 바닥에 매트리스를 깔았다. 자전거와 옷장을 들여놓고 앉을 돗자리를 깔았다. 부엌도 따로 없어 누라에니는 곤로, 선반, 양동이를 집 뒤쪽 처마 아래 플린조나무 곁에 두었다. 그리고 베니어판으로 바람막이를 만들어 곤로 주변에 세웠다. 음식을 다 하면 반찬과 푸성귀, 밥을 싸들고 집 안으로 들어가 돗자리 위에 차리고 다 같이 밥을 먹었다. 물론 욕실 같은 것은 없었다. 다행히 아침저녁으로 저택에 딸린 욕실을 빌려 쓸 수 있었다. 저택 식구들이 쓰는 곳과는 다른 욕실이었다. 마르지오와 마메는 그 집에서 태어났다. 그들은 그렇게 그럭저럭 살아갔다. 그런대로 행복하다고 할 만한 삶이었다.

그 집에 살던 마지막 몇 년 동안 욕조에 물을 채우고 물 세 양동이를 뒤뜰 부엌으로 나르는 것은 마르지오의 일이었다. 그는 이 일을 학교에 가기 전에 한 번 그리고 돌아와서 바닷가에 연 날리러 가기 전에 또 한 번 했다. 마르지오는 그 동네에서 동무들을 많이 사귀었다. 그중에는 아이스케키장수 아들도 있어 아이스케키를 얻어 먹곤 했다. 그러나 이제 131호 집으로 떠나야 했다.

저택 주인이 아내와 아이들을 데리러 와서는 저택과 딸린 과수원은 물론 코코넛 창고까지 모두 팔아버린 것이다. 코마르 빈 슈엡은 근처를 돌며 이사 갈 집을 찾아나섰다. 그러다가 군부대와 시장에서 멀지 않은 공설운동장 근처에서 길을 잃었는데, 지난 1년 반 동안 비어 있던 131호 집을 보게 됐다. 물어물어 집주인을 찾아 그 집에 살겠다는 허락을 받는 데까지 일은 순조로웠다. 집주인은 그 집이 곧 무너질 줄로만 알았던 탓이다. 코마르는 창고집으로 돌아와 가족들에게 소식을 전하고 이사를 가야 한다고 우겼다. 다음에 한 일은 결혼반지를 팔아 집값을 내도록 누라에니를 설득하는 일이었다.

아이들에게 이사 소식을 알리는 일도 쉽지 않았다. 몇 년이나 부엌과 욕실도 없이 살았지만 누라에니도 이 집을 떠나기 싫은 눈치였다. 그러나 그는 코찔찔이 어린애가 아닌지라 결혼반지를 내주며 코마르에게 시장에 가서 팔아 집값을 내라고 순순히 허락했다. 그러나 마르지오는 달랐다. 그 아이는 제일 격렬하게 반대하며 이사 가지 말자고 떼를 썼다. 하지만 새 집 주인은 창고를 내줄 생각이 없고 이 자리에 칫솔이며 비누며 사탕을 파는 가게를 열 계획이었다.

"거기다가 이제 진짜 우리 집에서 살게 된단 말이다." 코마르 빈 슈엡이 말했다.

마르지오는 우리 집이란 말에 별 감흥이 없어 보였다. 이제 일곱 살이 된 그는 친구들 사이에서 꽤 인기가 좋아 대장 노릇을 하며 무리를 이끌고 미꾸라지를 잡으러 가곤 했다. 잡은 미꾸라지는 월요일 장에서 팔고, 남으면 어머니에게 가져다주었다. 동네 애들과 아직 망하기 전인 플랜테이션에 땔감을 주우러 가기도 했다. 애들이 마른 코코넛잎을 잘라 내다 덜 익은 코코넛이 떨어지기라도 하면 관리인이 소리를 질러댔다. 그럴 때면 관리인을 상대하는 것 역시 마르지오의 몫이었다. 집에서는 나무 때는 화덕을 쓰지 않는지라 땔감은 시장에 내다팔고 그 돈으로 연 만드는 종이며 연줄, 구슬을 샀다. 또래 중에서 마르지오만큼 카드를 많이 모은 아이가 없다는 것을 잊지 마시라. 이 꼬마는 이사를 가면 자신이 일군 이 모두를 잃을 것만 같아 도무지 떠나기가 싫었다.

그는 부루퉁해 있다가 자기는 따라가지 않겠다고 했다. 이웃집 처마 아래나 카카오 플랜테이션 헛간에서 자면서라도 혼자 이 동네에 살겠다고 했다. 보다 못한 코마르 빈 슈엡이 창고 구석으로 끌고 가 버릇없는 자식이라고 꾸짖었다. 마르지오는 말이 없었다. 아비는 아들에게 대답해보라고 했다. 아들이 입을 열려는 순간 그 표정에서 건방진 무엇이 비쳤다. 아비는 아들의 뺨을 갈겼다. 뺨이 벌겋게 부어오르고 눈물이 그렁그렁해졌지만 마르지오는 울지 않았다. 아무 말도 하지 않았다. 아비는 아들의 침묵에 더 화가 나 매트리스를 터는 등나무 가지로 아들의 종아리를 치기 시작했다. 마르지오는 한쪽 다리를 들어올린 채 벽 쪽으로 주저앉았다. 아비에게 대들 수는 있겠지만 결코 이길 수는 없었다.

그리하여 매트리스는 둘둘 말리고 비닐 끈으로 단단히 묶여 고리버들 자리를 깐 수레 위에 실렸다. 찬장은 수레 뒤에 걸고 접시와 그릇은 헝겊과 베개로 말아 바구니에 담았다. 이발 도구들은 잘 접어서 옷가방들 아래 감춰두었다. 의자와 탁자, 냄비며 양동이, 곤로, 채반이 꼭꼭 묶여 수레 위에 올라갔다. 마르지오는 제 축구 카드와 구슬을 베개 사이에 꼭꼭 끼워 넣고, 고무줄로 묶은 카드는 진홍색 교복 반바지 주머니에 넣었다. 셔츠는 단추가 둘이나 떨어졌고 벌건 머리칼은 삐죽삐죽 선 데다 샌들은 짝짝이었다. 그는 수레 옆에 가서 섰다. 코마르빈 슈엡이 수레에 올라타라고 하자 수레 뒷문을 닫고 이웃들에게 작별인사를 했다.

마르지오에게 살면서 가장 슬펐던 날이 언제냐고 물으면 바로 이날이었다. 생전 쓰지 않던 머릿수건을 쓰고 아버지 옆에 앉은 어머니의 얼굴에는 주저하는 빛이 역력했다. 마르지오는 어머니는 이사하는 것과 결혼반지를 판 일 중 무엇에 더 화가 났을까 생각해보았다. 어머니가 제 편이 되어줄 줄 알았는데 어머니는 입을 다물었고 아무런 도움이 되지 않았다. 마르지오는 답답한 마음으로 수레에 올랐다. 동무들이 코마르빈 슈엡이 이발을 하던 집 앞에 주르르 나와 서서 그를 지켜보았다.

이사 가는 곳은 그다지 멀지 않았지만 멀리 돌아가는 길로 가는 데다 소는 느릿느릿 걸어 멀게만 느껴졌다. 마르지오가 옛 동무들을 만나러 걸어서도 올 만한 거리였다. 이제 소년은 매트리스 위에 앉아 입을 닫고 있다가 가끔 드러누워 하늘 위로 지나가는 구름이나 왜가리를 쳐다보았다. 뒤로 돌아 구불

구불 끝없이 이어지는 길을 보다가, 턱을 괴고 찌르는 냄새를 풍기는 논을 바라보기도 했다. 누라에니도 입을 꾹 다물고 수치심을 견딜 수 없다는 듯 웅크려 앉았다. 지나가다 아는 사람을 마주쳐도 알은체도 하지 않았다. 수레가 덜컹대도 정신없이 잠에 빠진 딸아이가 품에 없었다면, 자존심을 잃지 않으려는 새 신부처럼 보일 수도 있었다. 나중에 마르지오는 누이에게 그 수치스러운 이사길 내내 잠들어 있어서 너는 얼마나 운이 좋았는지 모른다고 했다.

코마르 빈 슈엡 혼자 꼿꼿했다. 가끔은 노래까지 흥얼거렸다. 소들이 지쳐 보이면 한 번씩 멈춰 쉬었다. 그러면 수레 위에 탄 사람들은 물을 마시고 바나나와 튀긴 쌀을 먹었다.

아스팔트 길에 접어들자 코마르 빈 슈엡은 이제 거의 다 왔다고 했다. 수레가 지나온 진창길에는 고무를 댄 나무 바퀴 두개가 만든 평행선이 끝없이 이어졌다. 수레는 곧 도시 외곽의 아름다운 집들이 늘어선 길에 들어섰다. 아직 새집을 본 적은 없었지만, 이곳의 환영하는 것 같은 분위기와 철제 장식을 달고 반짝반짝 칠해놓은 담과 환한 빛, 우편함을 보고 마르지오는 좀 들뜨기 시작했다. 제 기대가 그대로 전해지길 바라며 어머니 쪽을 바라봤지만, 누라에니는 여전히 바깥세상에는 아무 관심이 없어 보였다. 그는 테라스에 앉은 사람들과 걸려 있는 코끼리귀 식물이며 기둥을 따라 자라는 난을 바라보았다. 어느 집 앞에 서게 될 것인가?

그러나 수레는 이 길을 그냥 지나쳐, 너무 좁아서 수레가 지나가기도 힘든 골목으로 들어섰다. 마르지오는 담장에 걸려 덜컹대는 찬장을 떼어내야 했다. 수레는 지금까지보다 더 속력을 늦추고 더 덜컹거리며 빽빽하게 늘어선 판잣집과 방치된 마당을 지나갔다. 이 처참한 풍경을 방금 지나온 밝고 환한 집들이 가려주고 있었던 것이다. 이윽고 수레는 꽃이 무성하게 핀 판야나무 아래에 멈춰 섰다. 131호라는 표지가 보였다.

"여기가 우리 집이다." 코마르는 자랑스럽게 말했지만 식구들은 아무도 반응하지 않았다.

집은 전에 살던 창고보다 커서 한쪽 벽이 12미터는 될 법했다. 그러니 응당 침실과 부엌, 욕실도 있어야겠지만, 마르지오가 보기에 이 집은 사나운 폭풍이라도 불면 날아갈 것만 같았다. 지붕 위에 코코넛이라도 떨어지면 주저앉을 성싶었다. 언뜻 보기에도 집이 한쪽으로 기울어서 곧 쓰러질 기세였다. 그 집은 침침하고 축축한 죽음과 고통의 냄새가 났다. 지붕 위의 붉은 기와는 바래고 삭아가는 데다 햇볕에 바짝 마른 검은 이끼가 덮여 있었다. 마르지오는 비가 오면 집 한복판으로 물이 쏟아질 게 분명하다고 생각했다. 벽이라고는 대나무를 엮은 것이 다였는데 오랜 세월 안팎으로 흔들거린 데다 손을 보지도 않은지라, 위에 바른 석회가 바스라져 쪼갠 대나무가 다 드러났다.

코마르 빈 슈엡이 앞문 자물쇠를 여는 사이 가족들은 실망해서 할 말을 잃고 서 있었다. 우기의 습한 공기에 부풀어오른 문은 쉽게 열리지 않았다. 간신히 열긴 했지만 이제 그 빌어먹을 문은 꼭 닫히지 않아 탈이었다. 창문도 마찬가지였다. 집 안은 어둡고 쓰레기 썩는 악취가 풍겼다. 1년 반 동안 거미와 쥐들이 주인 행세를 하다가 사람 발자국 소리가 나자 놀라 혼비백산했다. 미처 빠져나가지 못한 박쥐가 사방으로 날아다녔다. 집 안 전체에 진동하던 박쥐와 도마뱀 똥 냄새는 문을 열자 들어오는 바람에 조금씩 옅어졌다.

바닥은 흙바닥이라 걸을 때마다 흙먼지가 날렸다. 빗물이 집 안으로 쏟아져 들어올 것이란 마르지오의 예측은 맞았다. 전에 살던 창고에서처럼 바닥에 돗자리와 매트리스를 펼 수 없었다. 침대가 필요했다.

"이보다 더 한심한 꼴인 집이 또 있으려나?" 누라에니가 그날 처음으로 입을 열었다.

"입 닥치지 못해? 아무리 한심해도 여기가 우리 집이란 말이야." 코마르가 대답했다.

사실이었다. 누라에니는 금 6그램짜리 결혼반지로 살 수 있는 집이란 이 정도란 걸 알았어야 했다. 땅은 남의 것이지만 어쨌거나 집은 그들의 것이었다.

일주일 동안 온 식구가 집을 청소했다. 거미줄을 뜯어내고 쥐를 잡고 쥐구멍을 막았다. 코마르는 괭이를 빌려와 바닥의 온갖 짐승 똥을 치우고 바닥을 돋우었다. 마르지오를 데리고 지붕에 올라가 바람과 비둘기들이 흩트려놓은 기와를 바로 놓았다. 마르지오의 불만은 커져갔다. 하지만 아버지가 시키는 대로 따를 뿐 별 도리가 없었다. 그랬다가는 두 번째로 등나무 회초리를 마주해야 할 터였다. 온데 핀 이끼와 버섯도 뜯어내고 뒷마당 우물 옆 덤불도 베어내야 했다.

도르래와 됫박을 설치하기 전에 싹 청소를 해야 하긴 했지만 다행히 집에는 우물이 있었다. 욕실은 그 집에서 가장 호사스러운 것이었다. 욕실 벽에 깨진 것일망정 타일이 붙어 있던 탓이다. 막힌 변기는 고치는 데만 꼬박 한 달이 걸려서, 그때까지는 카카오 플랜테이션이나 벽돌 공장 뒤 작은 수로에 가서 일을 봐야 했다. 방은 두 개였다. 어느 날 아침 코마르가 나무 침대 두 개를 가져왔다. 하나는 자신과 누라에니, 아직 어린 마메의 것이고 나머지 하나는 마르지오의 것이었다. 나중에는 상황이 바뀌었다. 누라에니와 마메가 한 침대에서 자고 코마르 빈 슈엡이 다른 방에서 잤다. 마르지오는 거실 의자에서 자다가 더 커서는 방범초소나 모스크, 아구스 소프얀의 가게에서도 잤다.

땅은 마 라비아라는 노파의 소유였다. 안와르 사닷의 아내 카시아처럼 그도 마을의 경계를 넘어갈 정도로 땅이 많은 부자였다. 131호 집과 그 이웃집들은 그의 땅 위에 슬쩍 지어진 것이었다. 큰길가의 집들만 제대로 사들인 땅에 지은 것이었다. 아직 사람들이 마음대로 이곳에 와서 자리 잡고 또 떠나던 시절의 일이었다. 사람들은 집 한 채를 고스란히 자루에 넣듯 자재를 싸들고 왔다. 땅 주인에게는 아무 언질도 하지 않아서 마 라비아는 나중에 흰 칠을 한 집이 서고 그 앞에 재스민꽃이 피는 것을 보고서야 무슨 일이 벌어졌는지 알았다. 그들은 떠날 때면 다시 올 때처럼 아무 말 없이 자재를 해체해서 싸들고 갔고, 그 자리에는 다른 가족이 와서 또 집을 지었다.

"자, 이제 마 라비아가 우리를 쫓아내면 다시 짐 싸기를 기다리면서 여기 사는 거야." 집이 좀 살 만해지자 누라에니는 이렇게 말했다.

그러나 마 라비아는 평생 동안 단 한 사람도 쫓아낸 적이 없었다. 무단 거주자들은 마음대로 왔다가 마음대로 갔다. 노파는 임대료는커녕 세금 낼 돈조차 걷어간 적이 없었다. 그는 제 땅에 찾아와 여자들과 몇 시간이나 깔깔대다 가기를 좋아했다. 선하고 상냥한 이 노파는 퇴역군인인 남편을 먼저 저세상으로 보냈다. 무단 거주자들이 땅 주인에게 주는 유일한 보상이란 해마다 이둘 피트리에 보내는 비스킷 상자가 다였다. 그나마도 땅 주인은 청한 적이 없고 그의 다 상한 이로는 먹지도 못할 것이었다.

오래전 해안가에 사는 어부들 말고는 이 지역에 덤불밖에 없던 시절, 이곳 땅에는 임자가 없었다. 처음 정착한 이들은 동쪽 지방에서 왔다는 떠돌이들이었다. 그들은 자기들끼리 땅을 나누고 말뚝을 박아 경계를 표시했다. 당나귀를 타고 왔다는 이 열두 사람은 열심히 멧돼지와 들개들을 쫓아내고 집을 짓고 농사를 짓기 시작했다. 그들의 땅은 처음의 경계를 넘어 점점 넓어져갔다. 강가에 모여 살던 어부들은 놀라운 눈으로 그들을 바라봤다. 그들은 숲을 개간해서 벼농사를 지었고, 이 도시의 개척자로 기억됐다.

개척자들은 갯마을에서 예쁜 여자를 데려와 결혼해 자식을 낳고 자식들에게 그 땅을 물려줬다. 그 땅은 논밭과 코코넛 플랜테이션이 됐다. 그 열두 개척자 가문 중 한 가문이 마 라비아의 조상이었고 또 다른 가문은 카시아의 조상이었다. 카시아는 처음 말뚝을 박은 집안의 4대손이고 마 라비아는 3대손이라고 했다. 마 라비아는 땅을 사촌들에게 나눠주고도 제 땅이 얼마나 되는지, 정확히 어디에 있는지도 알 수 없을 정도로 땅이 많았다. 코마르 빈 슈엡 가족이 이사 왔을 때도 처음 박힌 말뚝은 여전히 그 자리에 있었다.

마 라비아는 인도네시아 공화국이 네덜란드를 상대로 전쟁을 벌이던 시절 군인과 결혼했다. 두 사람은 지역 부대가 관할하는 밀수 사업에 손을 대 땅에서 나는 수입 없이도 제법 부유하게 살았다. 밀수는 혁명 시절 시작돼 그 후로도 계속됐다. 사드라 소령이라면 그 모든 일을 증언해줄 수 있을 것이다. 그래서 그 많은 땅은 자신에게 땅이 있는지 신경도 안 쓰는 두 사람 손에 계속 남겨졌다. 땅은 덤불로 뒤덮이고 갈대와 부들이 무성해졌다. 도시가 어느 정도 모양을 갖추자 사람들이 여기저기서 몰려들었고, 저 버려진 땅을 궁금해했다. 그들은 마 라비아를 찾아가 땅을 빌리거나 사겠다고 했다. 하지만 그는 돈이 필요 없었던지라 사람들에게 그냥 살라고 했다. 그래도 큰길가 집에 사는 이들은 돈을 내겠다고 우겼다. 나중에라도 누가 뭐라고 하거나 쫓겨나는 일을 당하고 싶지 않았고, 무엇보다도 돈이 있었던 탓이다.

마 라비아와 남편은 자식을 여덟 두었다. 자식들 모두 공격적으로 사업을 벌이는 것으로 악명 높았다. 자식 하나는 이 도시 최초의 영화관을 지어 하루에 세 번, 일주일 내내 영화를 틀었다. 다른 자식은 세계 최고의 도넛이라고 광고를 하는 도넛 가게를 했다. 새우 공장을 하는 자식은 갯마을 어부들에게 새우를 사서 외국에 수출했다. 사람들은 그의 어마어마한 새우

111

보관 탱크와 냉동고를 공장이라고 불렀다. 자식들은 모두 번쩍번쩍 빛나는 차를 타고 돌아다니는 도시의 유명인사가 됐고, 어머니의 땅에 사는 무단 거주자들에게는 악몽이 됐다.

아버지가 세상을 뜨고 얼마 지나지 않아 자식들은 아직 멀쩡히 살아 있는 어머니의 땅을 놓고 유산 싸움을 벌이기 시작했다. 맏이는 18년째 살아온 가족을 땅에서 몰아냈다. 그들이 어떻게 되건 말건 그 자리에 얼음 공장을 지을 참이었다. 쫓겨난 가족은 집을 헐어 다른 데로 가야 했다. 맏이의 행동에 샘이 난 동생들도 여기저기 사는 사람들을 몰아내고 그 땅에 가게며 공장이며 양어장을 짓거나, 그냥 방치해둬 악령들이 몰려들게 했다. 마 라비아의 자식들은 새로 말뚝을 박고 어머니에게는 일언반구도 없이 저희들끼리 땅을 나눠 가졌다.

아무도 마 라비아에게 불평을 하지 못했지만 노파는 사람들의 눈빛을 보고 사달이 난 것을 알았다. 그는 판잣집 사이를 걸어 다니며 사람들과 환담을 하고 제 왕국 구석구석을 살피기를 좋아했다. 그러나 배은망덕한 자식들 덕분에 더 이상 그럴 수 없게 됐다. 그는 자식들을 불러 야단을 쳤지만, 그들은 악마보다도 더 고집이 세고 말도 못하게 악독했다. 사과는커녕 오히려 살던 사람을 여럿 더 쫓아냈다.

마 라비아는 자식들의 행태를 보고 상심하며 말했다. "저것들에게 땅을 한 치도 물려주지 않을 방법을 찾아야겠네."

그러던 어느 날 좋은 생각이 떠올랐다. 노파는 집집마다 찾아가 여기 사는 이에게 땅을 팔려고 하니 땅값을 내라고 했다. 코마르를 비롯한 무단 거주자들은 땅을 사고 싶은 마음이야굴뚝같았지만 돈이 없었다. 집들을 돌아다니다 어느 순간 마 라비아는 아주 간단명료한 해결책을 내놓았다.

"땅을 최대한 싸게 팔겠네."

코마르에게 '최대한 싸게'란 집터와 좁은 앞마당 값으로 앞으로 120명의 머리를 깎아야 한다는 의미였다. 그 집에 산 지 8년째 되던 해였고, 전당포에 맡긴 결혼반지를 찾을 요량으 로 돈을 좀 모아두긴 했던 차였다. 그러나 결국 죽는 날까지 반 지는 되찾지 못했다. 이웃들은 얼마 안 되는 적금을 찾거나 사 채업자 마코자에게 돈을 빌리거나 오토바이며 목걸이 등을 팔 았다. 그렇게 땅은 금세 새 주인 앞으로 명의가 이전됐다.

계약서를 쓰고 서명을 하고 땅 주인 노파가 지장을 찍고 수 입인지를 붙였다. 이웃들의 근심걱정도 사라졌다. 이제 제 손 으로 제집을 허는 일은 다시 없을 것이다. 이웃들은 땅문서를 액자에 끼워 대학 졸업장처럼 응접실에 걸어두었다. 그들이 가진 무엇보다도 소중한 문서였다. 여전히 비스킷 상자밖에 보내지 못하지만 마 라비아에 대한 애정은 더욱 커져갔다.

땅값은 다 합쳐봐야 얼마 되지 않았지만, 마 라비아가 지장 을 찍은 땅문서는 산처럼 쌓였다. 그는 한 번도 땅을 팔아 부자 가 될 생각을 한 적이 없지만, 받은 돈을 침대 밑에 넣어두니 산더미 같았다. 어디 안전한 곳에 두고 싶어도 어디에 두어야 할지 몰랐다. 자식들이 집 여기저기 돈이 있는 것을 알아챌까 봐 걱정하다가 마침내 해결책을 찾았다. 그 해결책은 온 도시 사람들을 놀라게 만들었고 전설이 되어 여러 대에 걸쳐 전해 졌다.

살 날이 얼마 남지 않은 그는 말 한 쌍을 사서 바닷가에 풀어놓고 어린애들이 같이 놀게 두었다. 버스도 한 대 샀다. 사람들 말이 마 라비아는 어릴 적부터 버스 타기를 그렇게 좋아했다고 했다. 하지만 운전을 하지는 못하는지라 집 앞에 세워두고 닭장으로 썼다. 하루는 말도 않고 아들이 하는 극장에 가서 한 회분 영화표를 다 사서 혼자 영화를 봤다. 그 영화가 〈기옥공주〉였다는 것을 모르는 사람이 없었다. 왜냐하면 마 라비아는 다음날 이틀치 영화표를 다 사서 아무나 공짜로 보게 해주었기 때문이다. 그의 충동구매는 아직 끝나지 않았다. 이번에는 입지도 않을 결혼 예복을 다섯 벌이나 샀다. 그래도 한 벌은 그날 잘 때 입었고 다른 한 벌은 죽는 날 입었다. 빵을 자루로 사서 동네 아이들에게 나눠주고 나머지는 손수 인력거를 몰고 집으로 가면서 다 해치웠다. 돌아오는 내내 그는 깔깔거리며 웃어댔다.

자식들은 이 모든 일을 나중에야 알게 됐다. 몇 집을 더 쫓아내려는데 새 땅 주인이 액자에 끼운 땅문서를 그들 앞에 들이댔다. 그제야 자식들 눈에 바닷가에서 뛰노는 말과 닭똥 가득한 버스가 눈에 들어왔다. 자식들은 몸을 떨었다. 거기다 극장 지배인이 영화관 일을 귀띔해주었다. 자식들은 열을 내며 남은 땅이라도 뺏겠다고 달려들었다. 남은 땅을 모두 자식들에게 주겠다는 문서를 써와서는 어미에게 지장을 찍으라고 으름장을 놓았다. 노파는 고개를 저었다.

그리고 잊을 수 없는 일이 벌어졌다. 그날 아침 마 라비아는 사들였던 결혼 예복 중 한 벌을 차려입었다. 집 앞의 작은 의자에 앉아 앞마당의 흙을 퍼먹기 시작했다. 사람들이 말려 봤지만 그는 차라리 땅을 다 먹어버리는 편이 낫다고 우겼다. 어미보다는 어미의 재산에 더 매달리는 자식들에게 땅이 넘어가는 꼴을 보느니 그 편이 낫다고 했다. 그러면서도 손으로는 계속 흙을 파서 입안에 털어 넣었다. 누군가가 자식들과 경찰 군부대에도 그 사실을 알렸다. 자식들이 달려와보니 그는 아름다운 혼례복을 입은 채 싸늘하게 쓰러져 있었다. 주먹만 한 돌이 목에 걸려서 그렇게 됐다고 누가 일러주었다. 마 라비아의 고집이 땅을 지켰고 그의 죽음은 전설이 됐다.

그리하여 코마르 빈 슈엡은 집과 땅을 갖게 되었다. 그는 이 뜻밖의 횡재에 놀라움을 멈출 수 없었다. 가난하기는 마찬가지였지만 그로서는 상상도 못할 재산을 얻은 탓이었다. 이제 그는 집 앞에서 이발을 하지 않고 시장에 나갔다. 나무 아래 있는 닭국수 노점 옆에 자전거를 세워두고 손님을 기다리다가 저녁이면 바지구르* 장수에게 자리를 넘겨주었다.

이런 횡재에도 불구하고 마르지오와 누라에니는 악마가 사는 동굴 같았던 131호 집을 처음 보고 실망한 기억을 잊을 수 없었고 어린 소녀인 마메에게 땅문서란 아무 의미가 없었다. 사실 8년 동안 그 집에 살면서 달라진 것은 아무것도 없었다. 마르지오와 마메는 컸고 누라에니는 쪼그라들고 상했을 뿐이었다.

---

*   코코넛밀크에 설탕을 타서 따뜻하게 마시는 음료.

누라에니를 어릴 적부터 알았던 사람이라면 그사이 그가 얼마나 심하게 망가졌는지 단번에 알아챌 수 있었다. 오래된 주민등록증에 붙은 신혼 초의 사진만 보아도 그는 곱슬곱슬한 머리칼에 통통한 볼, 반짝반짝 빛나는 눈을 한 아름다운 여인이었다. 그때에 비하면 지금의 그는 사그라지는 중이었다. 눈은 푹 꺼지고 뺨은 홀쭉해진 데다 하얀 살결은 창백하고 까칠하기만 했다. 입에 거품을 물고 불평하진 않았지만 이렇게 흐트러진 외모가 그의 결혼생활이 얼마나 실망과 한숨으로 가득 찼는지 잘 알려주었고, 코마르 빈 슈엡도 그 사실을 너무 잘 알았다. 남편이 땅이 우리 것이 되었다고 말한 날도 누라에니는 3킬로그램짜리 쌀자루를 가져온 정도로만 반색했다.

"적어도 마당에 꽃을 심어도 아무도 뭐라 할 사람은 없게 됐잖아." 코마르는 아내가 좀 더 좋아해주기를 바라며 말했다.

그런 일은 벌어지지 않았다. 누라에니는 부엌으로 들어가버렸다. 남편과 상대하기 싫을 때면 늘 그랬다. 그는 곤로 앞 작은 의자에 앉았다. 코마르는 아내에게 생긴 이상한 버릇과 그 의미도 알게 됐다. 누라에니는 곤로와 냄비에게 말을 했다. 처음에는 그저 짧게 혼잣말로 불평을 하는 줄로만 알았다. 그러나 시간이 지날수록 그가 이 물건들과 다른 사람은 이해할 수 없는 대화를 주고받는 것이 분명해졌다.

이즈음 그는 아내가 미쳤다고 여기기로 했다. 하지만 평소에는 대체로 멀쩡하고 말을 걸면 대답도 하는 것을 보면 미친 척하는지도 모를 일이었다. 이런저런 일에 불평을 늘어놓기도 하고 아이들에게 집안일도 시켰다. 마메가 비질을 안 해놓으면 꾸짖기도 하고 마르지오를 불러 도마뱀을 쫓게 시키기도 했다. 하지만 그는 자주 넋을 놓고 아무도 들어갈 수 없는 자신만의 세계로 들어갔다. 그래서 코마르는 아내가 미쳤다고 생각하기로 했다. 증상은 점점 심해져서 마메와 마르지오도 눈치챌 정도였다.

코마르는 누라에니가 열여섯 살이고 그가 거의 서른이 다 되어갈 때 결혼했다. 시골에서 흔히 그렇듯 중매결혼이었고 약혼 기간은 4년쯤 됐다. 슈엡 노인이 들통 가득 쌀이며, 국수와 푸른 옷감을 가져와 아들 대신 청혼하러 왔을 때, 누라에니는 아직 가슴도 자라지 않았고 음모도 나지 않았다. 양쪽 집 아버지들이 이미 의논을 마친 뒤였고 따라서 이 청혼마저도 미리 정해둔 형식적인 것에 불과했다. 누라에니가 아이를 가질 수 있는 몸이 되면 가까운 모스크에서 식을 올리기로 했다. 양가 부모와 다른 친척들이 그 자리에 있었지만 정작 당사자들은 없었다. 신랑은 다른 마을 청년들처럼 큰 도시에서 일자리를 찾고 있었을 것이고 신부는 강가에서 빨래를 하거나 동무들과 조개를 잡고 있었을 것이다.

해질 때가 돼서야 아버지가 누라에니에게 무슨 일이 있었는지 일러주었다. "너는 코마르 빈 슈엡이랑 정혼하기로 했다."

누라에니는 코마르 빈 슈엡이 누구인지 몰랐다. 한마을 사람인 줄은 알지만 이름을 들어도 얼굴이 떠오르지 않았다. 그러나 아무 기대가 없었던 탓에 약혼자가 그라고 해도 놀랍지 않았다. 다른 계집애들처럼 아버지가 누구와 결혼시키기로 했는지 일러줄 날을 기다릴 뿐 딱히 마음에 둔 총각도 없었다. 열두 살 난 소녀로서는 앞으로 닥칠 일이 두렵긴 해도 약혼했다는 사실만으로도 행복해지기에 충분했다. 적어도 동무들에게 나도 약혼자가 있다고 말할 수 있게 되었다. 열두 살이 넘었는데 누가 남편이 될지 모르는 것만큼 부끄러운 일도 없었다.

그날 저녁 이후 많은 것이 변했다. 이제 누라에니는 어린애가 아니라 처녀 대접을 받았다. 어머니는 빨간 립스틱과 눈썹 연필을 사주었다. 이제 산촌에 선선한 바람이 분다고 해서 가슴을 내놓고 바람을 쐬는 일도 없었다. 약혼 소식은 금방 퍼졌고 친척들과 동무들 모두 그가 코마르 빈 슈엡과 운명을 절반쯤 함께하게 된 것을 알고 축하해주었다.

이제 아침에 아버지를 따라 논에 나가지도 않았다. 소 두 마리가 천천히 쟁기를 끌면 그 위에 올라서서 논흙이 더 깊이 갈리게 하는 것이 그의 일이었다. 양 두 마리를 데리고 산등성이 풀밭에 가서 다른 애들과 풀을 먹이고, 오는 길에 마른 코코넛잎을 들고 오는 일도 그만두었다. 이제 이런 일은 남동생 몫이 되었고 그는 어머니를 도왔다. 아침이면 화덕에 불을 피워 밥을 하고, 로데*를 맛있게 만드는 법을 배웠다. 여전히 논에 나가기는 했지만 안에 들어가지는 않고 밤새 불린 볍씨를 뿌리기만 했다. 연녹색 모가 올라오면, 아버지와 남동생이 잡은 줄에 맞춰 다른 여자들과 모를 심었다. 벼가 자랄 때까지 아버지와 남동생은 거름을 주고 논에 물이 마르지 않게 지켜봤다.

---

* 각종 야채를 커리에 버무린 인도네시아식 반찬.

누라에니와 어머니는 논둑에 지은 농막으로 점심을 날랐다. 녹조며 개구리밥을 건져내야 할 때면 어머니와 다시 논에 돌아갔다. 아직 낫을 쓰지 않던 시절이라 아니아니 칼로 벼를 베는 일도 여자들의 몫이었다. 그런 일이 없으면 그는 몸을 가꾸고 말을 삼가야 했다. 이미 약혼을 한 몸이고 혼인할 준비를 해야 하기 때문이었다.

코마르는 마을의 관습대로 스무 살이 넘자 대처로 나갔다. 집에는 그 또래 남자가 할 일이 별로 없었다. 슈엡 노인은 땅이 좀 있었으나 농사는 아내와 둘이서 충분히 꾸려갈 만했고, 남는 시간에는 마을의 유일한 이발사 노릇까지 했다. 코마르는 머리를 깎는 법과 면도하는 법을 간단히 배우고 아버지 대신 이발사 노릇을 몇 번 해본 후, 친구를 따라 낯선 곳을 떠돌기 시작했다. 처음에는 이발사가 될 생각은 전혀 없었고 다른 청년들처럼 공장에 취직할 작정이었다.

그는 1년에 한 번 르바란에 집에 돌아왔다. 그때면 다른 마을 청년들과 고향을 떠난 가족들도 한꺼번에 돌아와 마을로 올라오는 길에는 손에 종이상자를 들고 어깨에 큰 가방을 멘 이들로 기다란 줄이 만들어졌다. 코마르는 머리에 포마드를 잔뜩 바르고 셔츠는 팔꿈치까지 올려붙인 채 이발소 냄새가 밴 코듀로이 바지를 입었다. 시계도 차고 검은 가죽구두를 신어서 사방에 있는 진흙탕에 빠지지 않으려고 조심조심 걸어야 했다.

큰 가방에는 슈엡 노인에게 줄 담배, 어머니에게 줄 바틱 치마, 여동생에게 줄 원피스뿐 아니라 약혼 소식을 들었기에 약혼녀에게 줄 선물도 들었다. 약혼녀를 잘 몰랐지만 그 애가 예쁘장한 줄은 알았기에 반가운 소식이었다. 그 애가 태어나던 날 그 집 옆에서 놀다가 사람들이 몰려드는 것을 본지라 그날을 기억했다. 그의 집이 학교에서 멀지 않아 교복을 입은 그 애를 몇 번인가 보기도 했다. 하지만 그 애에 대한 기억은 리본으로 묶은 기다란 곱슬머리, 오뚝한 코, 통통한 볼, 빛나는 동그란 눈이 다였다. 아버지가 그 애와 자신을 짝 지워줬단 말을 들은 후로 밤마다 꿈에 그 애가 나왔다. 그는 다른 해보다 서둘러 집에 돌아가기로 했다.

두 사람은 르바란 전날 밤에 만났다. 코마르는 약혼녀에게 비스킷 한 통과 예쁜 분홍색 지갑을 주고 수줍게 제 사진을 건넸다. 사진 속의 그는 노란색 폭스바겐 콤비 앞에서 포즈를 잡고 있었다. 그 차는 말할 것도 없이 주차장에 세워진 남의 차였다. 한 손을 반쯤 주머니에 넣고 선 것이 어설픈 폼이었지만 낯빛은 밝고 더할 나위 없이 의기양양해 보였다.

두 사람은 르바란 당일 이 집 저 집 이웃과 친구들을 차례로 찾아가 인사하고 약혼자를 소개하며 종일 같이 보냈다. 다른 약혼한 남녀도 그날 처음 만나서 그렇게들 했다. 코마르와 누라에니는 나란히 걸었다. 수없이 멈춰 서서 지나가는 이들에게 인사를 할 때면 두 사람은 좋으면서도 수줍어서 얼굴이 붉어졌다. 누라에니는 손에 분홍색 지갑을 꼭 쥐었으나 코마르는 손을 어디다 둬야 할지 몰랐다. 처음에는 코듀로이 바지 주머니에 넣었다가 다음엔 팔짱을 끼었다가 결국은 뒷짐을 지었다. 아직은 약혼녀의 손을 잡을 때가 아니었다. 어쩌다가 슬쩍 몸이 부딪히기만 해도 두 사람은 움찔하며 얼굴이 빨개졌다.

코마르는 약혼녀를 와 둘라의 박소(미트볼) 국숫집에 데려갔다. 좀 비싸지만 맛있다고 소문난 그 집은 사람들이 배를 기다리는 강가에 있었다. 외식할 곳이 많지 않아 손님은 많은데 자리는 모자라, 두 사람은 국수를 받아 들고 앉을 만한 큰 바위를 찾아나서야 했다. 한 손에는 국수 그릇을, 다른 한 손에는 숟가락을 들고 먹기 시작했다. 그러다가 코마르의 박소 하나가 그릇 밖으로 날아가자 둘은 조용히 웃었다. 시작하는 연인들이 그러하듯 온기와 애정이 가득한 웃음이었다. 저녁은 생선구이였다. 친구 몇몇과 와 하지의 양어장에서 낚시를 해서 크돈동나무 아래 원두막에 앉아 함께 먹었다. 양어장에 딸린 언덕은 바나나잎에 싼 밥을 가져와 먹는 사람들로 늘 북적거렸다. 그렇게 시간은 흘러갔지만 두 사람의 만남은 아직 끝나지 않았다.

어느 날 밤 코마르는 친구들과 누라에니를 마을 극장에 데려갔다. 멀리 도시까지 나가지 않으면 밤에 할 일이 없는지라 르바란 직후의 극장은 언제나 북적거렸다. 사람들은 누가 나오는지는 몰라도 제목은 기억했다. 〈일곱 가닥으로 갈라진 머리카락으로 엮은 다리〉. 옛날이야기 '말린 쿤당'처럼 고향을 떠나 어마어마한 부자가 돼서는 친어머니를 모른 척했다가 돌이 되는 배은망덕한 아들에 관한 이야기였다. 매표소에는 지옥에서 불타는 남자가 그려진 포스터가 붙어 있었다. 두 사람은 그날 밤을 잊을 수 없을 것이다. 그날 처음으로 코마르가 누라에니의 손을 잡았기 때문이다. 극장의 어둠 속에서 나무 벤

치에 앉아 둘은 손을 잡았다. 꼭 잡지도 않고 그저 슬며시 잡았을 뿐이었지만 배 속에 불이라도 난 것처럼 두 사람은 끓어올랐다. 그날 밤 둘 다 뱀에게 물리는 꿈을 꾸었다.

얼마 지나지 않아 코마르는 다시 친구들과 고향을 떠나 돈을 벌러 가야 했다. 누라에니는 눈물을 흘리며 마을회관까지 그를 배웅했다. 그는 진정한 사랑에 빠진 줄만 알았고 빨리 결혼하고 싶어졌다. 하지만 코마르는 가야 한다며 내년 르바란에 돌아오겠다고 했다. 마을회관 앞에는 짐이 산처럼 쌓였다. 가방에는 옷이며 파인애플, 초록색 바나나, 어머니들이 가는 길에 먹으라고 만든 간식이 가득했다. 코마르가 배를 타러 언덕을 넘기 전에 누라에니는 짧고 간단한 부탁을 했다. 남은 여자들이 모두 하는 말이었다. "편지해요."

편지는 보통 월요일 아침 10시에 왔다. 집배원은 우편 가방을 메고 언제나 붉은 흙투성이인 신발을 신고 걸어와 마을회관에서 편지를 나눠주었다. 설탕을 넣은 따뜻한 차와 과자를 대접받으며 30분쯤 거기서 쉬었다가 다시 왔던 길로 돌아갔다. 소녀들은 마을회관 앞에서 집배원을 기다렸다. 약혼자가 보낸 편지를 받는 사람도 있었고, 아무것도 받지 못해 실망하며 다음주를 기다리는 사람도 있었다. 물론 마을로 다른 편지도 배달되긴 했지만 손에 꼽힐 정도였다.

코마르를 떠나보내고 맞은 첫 월요일, 누라에니는 새벽부터 편지를 받을 기대에 차서 분주했다. 마을회관에 가려고 일찌감치 집을 말끔히 치우고 바닥을 닦았다. 그 시절 시골집은 대개 나무로 바닥을 대고 등나무 자리를 깔아서 매일같이 쓸고 닦아야 했다. 아버지가 새벽 기도를 마치고 모스크에서 돌아와보니 침침한 등 아래 바닥이 벌써 반들반들거렸다. 누라에니는 부엌으로 가서 코코넛 껍질을 태워 화덕에 불을 붙이고 대나무 통으로 바람을 불어 불꽃을 살렸다. 불길이 일어나자 땔나무 몇 쪽을 넣었다. 화덕 위에 물을 올리고 끓기를 기다리면서 쌀을 씻고 나머지는 어머니에게 맡겼다. 빨리 물가에 가서 옷가지를 빨고 그릇을 씻어야 했다.

소녀는 그날만큼은 여느 때보다 재빠르게 움직여서 금세 한 손에는 빨래한 옷가지가 든 동이를 다른 손에는 씻은 그릇을 들고 돌아왔다. 물가 바로 옆에 가족 소유의 샘이 있어, 거기서 대나무 통을 타고 멀리 산에서 내려오는 물로 목욕도 하고 빨래도 했다. 샘은 가슴께까지 오는 대나무 벽으로 둘러싸인 데다 사탕수수잎으로 지붕을 얹어 가족의 욕실 역할을 했다. 그가 설거지를 하는 동안 아버지는 연못가의 타로잎을 뽑아 물고기 먹이로 던져주었다.

설거지를 마치고 음식 찌꺼기를 연못에 던져주고 나자 해가 떴다. 연못의 고기들이 밥알과 건더기를 놓고 경쟁을 벌이느라 물거품이 일고, 햇살이 야자수며 다른 나무를 지나 땅 위에 이리저리 흩어졌다. 마을 사람들은 다 찢어진 웃옷과 빛바랜 반바지 차림으로 괭이를 들고 논밭과 씨름하러 가거나 칼을 들고 나무를 하러 갔다. 떠다니던 아침 안개가 산등성이로 물러가고 양쪽 물가에서 계집애들이 재잘거리는 소리가 참새와 딱따구리 우는 소리를 날려버렸다. 학교 가는 아이들이 책가방을 등에 덜렁덜렁 메고 모자를 쓰고 줄지어 가면서 연못에 자갈을 던져댔다.

누라에니는 옷을 벗어 대나무 벽에 걸었다. 샘으로 들어오는 입구를 큰 수건을 걸어 막았다. 그래봐야 엉성한 대나무 벽이 몸의 실루엣을 다 가려주지는 못했다. 그는 물이 나오는 대나무 통 아래 쪼그려 앉았다. 물살은 충분히 세고 또 맑았다. 머리칼과 몸을 적셔 땀을 씻어내자 마음도 한껏 맑아졌다. 몸에 비누칠을 하고 발가락 사이사이를 꼼꼼히 씻고 때를 구석구석 닦아내고 머리는 알로에로 헹궜다. 그리고 대나무 통 아래 서서 물을 맞으며 이를 닦았다.

다른 물가에서 나던 계집애들의 수다 떠는 소리가 멎었다. 계집애들 중 몇몇은 벌써 마을회관 베란다에 나가 지친 집배원을 기다리고 있으리라. 누라에니는 몸을 닦고 수건을 둘러 허벅지와 덜 여문 가슴을 가리고 나왔다. 젖은 머리를 말아 올리고 한 손에는 빨래가 든 양동이를 다른 손에는 반짝반짝 빛나는 그릇을 들고 고양이처럼 사뿐사뿐, 동쪽에서 빛나는 태양 아래 물가 사이 둑을 걸어갔다. 그는 자신이 얼마나 아름다운지 알지 못했다.

10시 정각 직전에 마을회관 앞에 도착했다. 아직 젖어 있는 머리를 두 갈래로 땋아 양 끝에 빛바랜 노란 리본을 달았다. 짐작이 맞았다. 다른 소녀들이 벌써 게시판 앞 긴 의자에 몰려 있었다. 게시판에는 지난번 라마단 일정표며 곧잘 잊기 마련인 마을 공지들이 죽 붙어 있었다. 앉을 자리를 못 잡은 이들은 대나무 담장 옆 나무 아래 모여 있었다. 누라에니는 그쪽으로 가서 르바란 때 있었던 일에 대해 수다를 떨었다.

그러나 속으로는 계속 편지 생각을 했다. 남자에게 올 편지를 기다리기는 처음이었다. 가슴이 쿵쾅거렸다. 첫 편지는 어떤 놀라움을 안겨줄 것인가? 아마도 너무 못 쓴 필체에 놀라겠지. 그런 생각만 해도 마음이 한껏 부풀었다. 단짝인 냐이 스리의 약혼자가 보낸 편지처럼 향내 나는 가루가 뿌려져 있을 것이다.

그러나 누라에니에게 온 편지는 없었다. 지친 집배원이 고무줄로 묶은 편지 뭉치를 들고 도착했다. 그가 낡은 신문으로 부채질하는 사이 소녀들은 탁자에 늘어앉았다. 가장자리에 파랗고 빨간 줄이 쳐진 봉투 위에서 제 이름을 발견하면 꺄악 하고 소리를 질렀고, 제 이름이 불리지 않은 소녀들은 실망하면서도 애써 코웃음을 쳤다. 누라에니는 수신인이 불분명한 마지막 편지가 나올 때까지 희망을 버리지 않고 기다렸다. 남은 편지는 대개 촌장에게 온 것이거나 자식들이 부모에게 보낸 편지였다. 누라에니는 여기저기 흩어진 편지를 바라보며 눈물이 터질 것 같은 얼굴로 서 있었다. 눈이 빨개지고 입은 꾹 다문 채로 집으로 가서 다음 월요일에는 편지가 오리라 생각했다. 태어나서 이토록 상심한 적은 처음이었다. 모두 다 코마르 때문이었다.

다음주에도 그 다음주에도 그 후로도 편지가 오지 않자 누라에니는 점점 더 침울해졌다. 다른 여자애들은 편지를 받을 때도 있고 못 받을 때도 있었지만, 아무리 뜸해도 다들 한 달에 한 번은 편지를 받았다. 예쁜 선물을 받는 애들도 있었고 한둘은 반지를 살 돈을 받기도 했고 제 이름을 새긴 재봉틀을 받은 애도 있었다. 심지어 누구는 결혼 예복을 받기도 했다. 하지만 누라에니에게는 아무것도 없었다.

그렇게 몇 주를 고통스럽게 보내고 그는 이제 마을회관에 나가지 않았다. 폭스바겐 콤비 앞에서 포즈를 잡은 코마르의 사진은 액자에 넣어 침대 곁에 두었다가 이제는 침대 밑 낡은 상자에 처박아버렸다. 그나마 박박 찢어서 화덕에 던지려다 봐준 것이었다. 누라에니는 이제 아무 기대도 하지 않았다. 그 자에 관해서라면 입도 열기 싫었다. 꿈에라도 나올까봐 두려 웠다. 꿈에 그자가 나오면 무시무시한 악몽이 됐다.

시간이 흐르면서 그는 코마르가 실은 자신을 사랑하지도 않고 결혼할 생각도 없는 것이 아닐까 의심하기 시작했다. 생각해보라고, 그는 혼자 중얼거렸다. 르바란 때 이슬람학교 옆 사진관에 가서 사진을 찍지도 않았잖아. 같이 찍은 사진을 지갑에 넣고 다니기 싫어서 그런 것이리라. 그래서 멀리서 즉석 사진기로 찍은 흔들린 사진 한 장만 주고 만 것이다. 그는 동네의 유일한 중국인 가족 탄씨 형제가 하는 사진관에 가서 사진을 찍은 다른 여자애들을 질투했다. 그 애들은 예쁜 옷을 차려입고 립스틱을 바르고 환한 조명 아래 연못에 백조가 노니는 배경 앞에서 사진을 찍었다고 했다.

누라에니는 점점 결혼하게 될 것이란 희망도 접었다. 다시 쟁기질을 하러 논에 나가거나 양을 치지는 않았지만 다시 어린 계집애로 돌아갔다. 몸을 단장하느라 분주한 일도 없었다. 기적이라도 벌어져서 그 남자와 파혼하게 되기를 고대했다. 그러면 다른 남자가 청혼할 것이다. 그 남자는 편지도 보내고 사진관에도 데려가고 예쁜 반지도 보내고 재봉틀도 보내줄 것이다. 그래서 결혼 예복을 직접 만들 수 있게 해줄 것이다.

그는 약혼자가 없는 것이나 다름없이 살면서, 애써 아닌 척하며 살 수밖에 없었다. 친한 친구들은 사정을 빤히 알았다. 그러나 누라에니는 다들 사는 데 바빠 자신이 약혼자에게 버림받은 줄 모른다고 믿고 싶었다. 누가 코마르의 소식을 물으면 그저 잘 지낸다며 다음 르바란까지는 못 온다고 대답했다. 슈엡 노인이 그를 찾아왔다가 아들의 매정한 처사를 알게 됐다. 누라에니는 요술거울로 약혼자를 들여다보는 마녀라도 되고 싶었다. 그럴 수 있다면 그에게 돌팔매를 날리고 절구로 찍어버리고 싶었다. 그 무엇으로도 다 표현할 수 없을 만큼 섭섭하기만 했다.

다시 르바란이 왔지만, 누라에니는 더 이상 설레는 마음으로 기다리지 않았다. 가슴 한구석에 서릿발이 내렸다. 그는 왜 그랬냐고 따져 묻지 않기로 했다. 반갑게 맞아주지도 않고 찾아온다고 해도 마실 것을 청하는 낯선 길손 대하듯 하겠다고 작정했다. 오는 것이 없으니 가는 것도 없었다. 코마르는 약혼녀를 팽개쳐둔 값을 톡톡히 치러야 할 것이다.

코마르는 마침내 누라에니를 찾아왔다. 포마드를 발라 떡진 머리는 여전했고 손목시계도 그대로였다. 다만 코듀로이 바지는 청바지로 바뀌었고 가죽 벨트를 매고 위에는 셔츠도 아닌 긴 소매 티셔츠 바람이었다. 콧수염과 턱수염은 손질도 안 했는지 엉망으로 길었다. 그간 소식 한 줄 없던 것에 아무 변명도 없이, 누라에니에게 줄 선물도 없이 비스킷 한 통만 들고 왔다. 작년에는 예의 바르게 굴며 초조하게 앉아 있었지만, 지금은 다리를 꼬고 앉아 누라에니를 쳐다보았다. 주섬주섬 담배를 뽑아 들더니 불을 붙였고 누라에니는 재떨이를 내놓았다.

누라에니는 아무것도 묻지 않고 시원한 레몬주스를 재떨이 옆에 놓고는 의자에 앉아 손가락을 만지작거렸다. 서로 안부를 묻지도 않았고 따뜻한 말 한마디 주고받지 않았다. 코마르는 염치도 없이 자기가 가져온 비스킷을 꺼내 들더니 작년에 갔던 와 하지의 양어장 얘기를 꺼냈다.

그날 밤 누라에니는 내키지 않았지만 아버지와 미래 시부모님이 자신의 차가운 태도를 눈치챌까봐 코마르와 함께 극장에 갔다. 이번에 본 연극은 〈나이 다시마〉였다. 여러 극단이 오고가는지라 제목은 알았지만 배우 이름은 기억하지 못했다. 누라에니는 난생 세 번째로 보는 연극이었다. 독립기념일 전날 밤 마을 여자애들과 다른 연극을 본 적이 있었다. 연극을 보는 동안은 코마르가 손을 잡으려 한 일 말고는 별다른 일은 없었다. 하지만 집으로 오는 길에 사달이 났다.

두 사람은 친구들을 앞서 보내고 천천히 걸었다. 조용한 곳에 이르자 코마르가 부끄러운 줄 모르고 입을 맞춰도 되냐고 물었다. 누라에니는 놀라고 겁이 나 고개를 저었다. 그러나 코마르는 손을 잡고 졸라댔다. 안 돼요. 코마르는 계속 고집을 부렸다. 그냥 살짝만. 다시 애걸복걸했다. 아주 살짝만. 누라에니는 별수가 없었다. 비명을 지르면 두 사람 모두에게 망신일 테고, 다른 사람들이 따라오고 있으니 코마르가 더 많이 나가지는 않으리라 생각했다. 아무런 대답 없이 그가 입술을 탐하도록 내버려두었다. 그는 누라에니를 히비스커스나무에 밀어붙였다. 코마르는 입술을 누라에니의 입술 위로 포개더니 살짝 은커녕 한참이나 입술을 빨아대다가 살짝 깨물기까지 했다. 축축한 입에서 담배 냄새가 났다. 입맞춤이 끝나자 누라에니는 구역질이 날 것 같았다.

이전의 친근함은 오간 데 없고 다음날도 여전히 누라에니는 싸늘했다. 하지만 지켜야 할 법도가 있는지라 마을회관에서 코마르를 만났다. 거기 있자니 한 번도 오지 않은 편지에 대한 기억이 떠올라 속이 쓰렸지만 아무것도 묻지 않았다. 말을 먼저 꺼낸 사람은 코마르였다.

"내가 무슨 일 하는지 안 궁금해?"

자신에게 그토록 무신경한데 그가 뭘 하든 알 게 무어란 말인가. 약혼자의 소식을 기다리며 누라에니는 한 주 한 주 속으로 삭아 들어갔다. 그는 코마르를 빤히 쳐다보았다. 눈빛은 차갑고 사납기까지 했다. 전날 입맞춤한 그 입술이 비틀리더니 결국 경멸에 찬 어조로 되물었다. "그래 뭘 하는데요?"

"이발사." 코마르가 대답했다.

그렇게 멀리 나가 고작 이발사라니, 누라에니는 생각했다. 그러나 그가 산적, 깡패, 강도래도 알 게 뭐란 말인가. 1년 동안 실망을 거듭하면서 누라에니의 애정은 메말랐고 이제 그가 무엇을 한대도 관심이 없었다. 코마르가 가방을 들고 다시 마을 청년들과 길을 떠날 때도 누라에니는 그저 살짝 고개를 까딱했을 뿐 눈이 빨개져서 눈물을 흘리는 일은 없었다. 코마르가 산등성이를 돌아 사라지자 누라에니는 목욕하러 물가로 달려

갔다. 약혼자가 떠나고 나서야 몸단장에 열을 올리는 것이다. 그날은 아무것도 하고 싶지가 않았다.

이 모든 일에도 불구하고 열여섯 살이 되던 해 그는 그 남자와 식을 올렸다. 코마르의 결혼 예물은 두 사람의 머리글자를 새긴 6그램짜리 금반지였다. 신랑은 유명한 금세공 장인의 작품이라며 으스댔다. 신부는 전통에 따라 하얀 크바야에 머리는 동그랗게 말아올리고 새침한 표정으로 앉은 모습이 예뻐 장했다. 코마르는 검은 양복에 모자를 빌려 썼고, 와 하지가 주례를 섰다. 신부 아버지는 다섯 번이나 새끼를 낳고 살이 오른 암양 한 마리를 잡았다. 뒤주에 모아둔 쌀도 모두 내놓았다. 와양은 없었지만 손님이 모두 배부르게 먹고 싸갈 수도 있을 만큼 잔치음식은 넉넉했다.

첫날밤부터 그 결혼은 증오와 혐오로 가득 찬 것이었다. 누라에니는 탈진해서 침대에 누워 있었다. 아직 크바야에 엉덩이와 다리를 꽉 죄는 바틱 사롱 차림이었다. 코마르는 욕정에 눈이 멀어 신부에게 옷을 벗으라고 성화를 해댔다. 누라에니는 옷을 꽁꽁 싸매고 으르렁대며 반쯤 정신이 나간 채로 응하지 않았다. 코마르는 일언반구도 없이 옷을 훌렁 벗더니 팬티 바람이 되었다. 속옷 아래로 그의 물건이 서 있었다. 그는 신부를 거칠게 밀치며 깨웠다. 누라에니는 밀려나가 신음을 하며 긴 베개를 끌어안았다. 코마르는 성질을 내며 신부의 치마를 확 잡아당겨 막무가내로 벗겼다. 치마가 벗겨지자 눈앞에 연두색 꽃무늬 팬티가 보였다. 신랑은 신부를 움직이지 못하게 꼭 붙들고 누라에니의 팬티를 내리고 바로 자신의 것도 내리더니 곧장 제 물건을 쑤셔 넣었다. 둘은 말 한마디 없이 정사를 치렀다. 그렇게 첫날밤을 치르고 누라에니는 제 사롱을 가져와 몸을 덮고 가랑이 사이가 욱신거려 다리는 벌린 채 남편에게 등을 돌리고 누웠다.

일주일 후 코마르는 둘이 살 집을 찾아나섰고 한 달 후 월요일 장 근처의 코코넛 창고로 이사했다. 그는 매트리스, 곤로, 부엌 살림, 탁자와 의자, 이발 도구를 가져왔다. 집 앞에 열리는 벼룩시장에서 산 네덜란드제 자전거도 있었다. 삶의 질이 턱없이 낮아졌지만 누라에니는 아무 불평도 하지 않았다.

잠자리는 언제나 고역이었다. 누라에니는 성욕이라고는 눈곱만치도 없었지만 코마르는 달랐다. 육욕이 목구멍까지 올라오면 아내가 어디에 있건 끌고 가 멋대로 욕망을 채웠다. 강간의 연속이었다. 아내를 침대에 끌어다 눕히고 옷은 그대로 입은 채로 제 욕망을 채우기도 하고, 탁자 위에 다리를 벌리고 눕게 하거나 욕실에서 엎드리게 하기도 했다. 누라에니가 싫다고 하면 때렸다. 뺨을 갈기는 일은 다반사였고, 어여쁜 종아리를 무자비하게 짓밟고 바닥에 자빠뜨려 꼼짝 못하게 했다. 바로 그때야말로 코마르가 가랑이 사이로 파고들 때였다.

그럴 때마다 누라에니는 자신이 서서히 죽어간다고 느꼈다. 그러나 어찌해야 할지 몰랐다. 친정으로 도망갈 생각은 한 번도 못했다. 친정 식구들이 벼락처럼 화를 낼 테니 그저 제 안에 모든 것을 담아두는 수밖에, 남편이 아주 가끔은 잘해줄 때도 있으니 희망을 버리지 않는 수밖에 없었다. 아무리 힘들고 어려워도 그는 자기연민에 빠지는 법이 없었다. 그런 굳은 심성을 자식들도 물려받았다.

마르지오는 그런 폭력적인 관계에서 만들어진 아이였지만 누라에니에게는 한없는 위안이 되었다. 아기가 태어난 후로 남편도 성질을 많이 누그러뜨렸다. 남편의 육욕도 훨씬 덜해져서 누라에니는 그 때문에라도 아기를 더 사랑했다. 아기는 두 사람 모두에게 기쁨의 원천이었다. 그러나 시간이 흘러 아이가 자라면서 기어다니고 걷기 시작하자 코마르의 욕정은 돌아왔다. 그는 육욕에 휩싸이면 몸을 떨며 아내를 낚아채 올라탈 기회를 노렸다. 다시 무자비하고 난폭해졌다. 누라에니는 남편에게 알몸을 보이지 않으려 갖은 애를 썼지만 아무 소용 없었다. 그는 기회만 있으면 아내의 아랫도리를 벗기고 문가에 서서 엉덩이를 씰룩대며 육욕을 채웠다. 다시 처음으로 돌아갔다. 인정사정없는 손찌검과 강간이 계속됐다. 누라에니는 다시 아이를 가졌고 마르지오보다 두 살 아래인 마메가 태어났다.

코코넛 창고에서 산 8년 사이 누라에니는 생기를 잃고 폭삭 늙어버렸다. 옛날의 그 아름다운 처녀는 얼굴과 몸에 흔적으로만 남았다. 그의 차갑고 뚱한 태도는 코마르가 131호 집을 살 요량으로 결혼반지를 내놓으라고 했을 때 절정에 달했다. 누라에니는 이사 가는 내내 처량함을 감추기 위해서라도 머릿수건으로 얼굴을 가려야 했다.

새집으로 이사하면서 누라에니는 달라졌다. 말수도 늘고 불평불만도 많아졌다. 문제는 말하는 대상이 그 누구도 아닌, 결혼 첫날부터 곁에 있어준 곤로와 냄비라는 점이었다. 곤로는 녹이 잔뜩 슬고 불꽃은 높이가 제각각인 데다 불구멍은 더럽기 짝이 없었다. 땜장이가 열한 번이나 구멍을 막아준 냄비도 처지는 다르지 않았다. 누라에니는 그 곤로와 냄비를 앞에 두고 하루 종일 떠들어댔다. 특히 대나무를 엮어 만든 벽은 외양간만도 못하다고 구시렁댔다.

코마르는 그 불평을 알아들었다. 131호 집에서 산 지 1년쯤 되던 어느 날, 엮은 대나무 한 뭉치를 사들고 와서 마르지오와 둘이서 벽을 새로 댔다. 부자는 일주일쯤 열심히 일했다. 자르고, 못을 치고, 작은 나무토막으로 고정하고, 마지막으로 회칠을 했다. 아들과 남편이 애쓴 덕에 집이 훨씬 밝아졌지만 누라에니는 무덤덤하기만 했다. 아니나 다를까 얼마 지나지 않아 거센 바닷바람이 코코아 플랜테이션을 지나 집까지 불어닥치고 계절이 바뀌자 새로 댄 벽은 폭풍 치는 바다 같은 꼴이 됐다. 벽에 바른 회가 갈라지더니 우수수 바닥으로 떨어지자, 누라에니로서는 곤로와 냄비에게 할 얘기가 늘었다.

물론 문제는 그것만이 아니었다. 이사 오던 날 코마르가 지붕을 손보긴 했지만 금 간 기왓장이 많아 비가 샜다. 누라에니가 여기저기 들통과 바가지를 놓아두지 않았다면 흙으로 된 바닥은 진창이 되고 말았을 터였다. 코마르는 하루치 벌이를 날려가며 벽돌 공장에 가서 새 기와를 사왔다. 덕분에 한동안은 바닥이 멀쩡했지만 우기가 돌아오자 또 비가 샜고 들통과 바가지가 다시 등장했다. 누라에니는 홀로 신세를 한탄했다.

코마르가 아무리 애를 쓴대도 이 집은 큰길가에 있는 집들처럼 안락해질 수 없었다. 코마르도 그 사실을 잘 알았다. 그에게도 언제나 불평거리를 찾아내는 아내의 입을 막을 핑계가 있었다. "땅 주인이 마 라비아인 이상 우리 마음대로 할 수 있는 게 없단 말이야." 그러나 나중에 땅 임자가 되고 나서도 나아진 것은 별로 없었고 누라에니는 부엌 살림에게 구시렁대기를 멈추지 않았다. 코마르는 아내가 미쳤다고 여기기 시작했지만, 그렇다고 아내의 몸을 탐하기를 멈추지는 않았다.

넷

마르지오는 어머니의 행복한 얼굴을 본 적이 별로 없었다. 그래서 순전히 어머니를 기쁘게 해주려고 이리저리 애를 써봤다. 옛날에 살던 마을에 가면 어머니가 좋아할 만한 것을 챙겨왔다. 그러나 어머니의 환한 얼굴은 오래가지 않았다. 남의 집에서 일을 해주고 푼돈이라도 생기면 닭꼬치나 새 샌들을 사 들고 가기도 했다. 그러면 어머니 얼굴에서 잠시 그늘이 사라졌지만 오래가지 않았다. 결국 마르지오는 무엇으로도 어머니를 기쁘게 할 수 없다는 것을 깨달았고 그 분노는 이제 아버지에게로 향했다.

코마르는 걸핏하면 아들이 보는 앞에서 누라에니가 시퍼렇게 멍이 들도록 팼다. 어린 마르지오는 말리지도 못하고 그런 자신을 책망하기만 했다. 누라에니가 구석에 몰린 채 코마르가 휘두르는 먼지떨이에 두들겨 맞는 동안, 마르지오는 문가에 기대서 마메는 치맛단을 입에 물고 우두커니 서 있을 수밖에 없었다. 코마르는 언제고 아내를 팰 핑계를 찾아냈다.

남들이 보는 앞에서도 아내를 팼다. 그러면 누라에니는 이웃의 눈에 띄게 이리저리 도망쳤다. 코마르가 뒤를 쫓으면 악마들이 날아다니며 쫓는 자의 화를 돋우었다. 급기야 누라에니는 집 안으로 들어가 문을 닫아걸었다. 하지만 코마르는 어떻게 해서든 집 안으로 들어갔다. 문짝을 다 부숴버린 적도 있었다. 일단 집 안에 들어가면 아내를 바닥에 쓰러뜨리고 허벅지를 발로 짓밟았다. 이웃들은 이 난리를 지켜보며 가슴을 쓸어내렸고 마르지오는 고개를 돌려버렸다. 그 난리가 끝나면 마메만 엉엉 울면서 어미 품에 가 안겼다.

마르지오는 누라에니의 고집 센 성격을 그대로 물려받았다. 아비와 맞붙어 싸우지는 않았지만 아비 성질을 돋워 먼지떨이로 맞기 일쑤였다. 코마르는 아들이 할아버지 집에 가는 것을 못마땅하게 여겼지만, 마르지오는 제가 가고 싶으면 토요일 오후에 말도 없이 갔다가 일요일 밤에 돌아왔다. 집에는 성난 아비가 길길이 날뛰며 벼르고 있었다. 아비는 아들을 실컷 두들겨주고는 욕조에 처박았다. 귀를 붙들어 끌어올리고 코코넛 껍질로 만든 바가지를 집어던졌다. 월요일에 마르지오는 다리를 절룩이며 학교에 갔다. 코마르는 아들이 차분히 구슬이나 딱지 같은 장난감을 가지고 노는 꼴도 그냥 보지 못했다. 이상하게도 질투심 같은 것이 끓어올랐다. 아비가 싫은 소리를 하면 마르지오는 더 꿈쩍도 하지 않았고 결국 코마르는 주먹을 들곤 했다. 마르지오는 절대 대들지도 않고 대꾸도 하지 않았다. 코마르가 장난감을 빼앗아다 쓰레기통에 던지면 다시 꺼내왔다. 그러면 코마르는 아들에게 달려들어 자빠뜨린 후 다리를 잡아 질질 끌고 왔다. 집에 들어오면 바닥에 내팽개 쳤고 마르지오는 의자 다리에 부딪히기 일쑤였다. 그래도 인상만 찌푸릴 뿐이었다. 아직 분이 덜 풀린 코마르가 머리끄덩이를 잡고 기둥에 밀어도, 그러다가 이마에 피가 줄줄 흘러도 마르지오는 고집을 꺾지 않았다.

그렇게 이 집 식구들은 고단한 하루하루를 보냈다. 이 집에 평화가 찾아오는 시간은 코마르가 자전거를 타고 이발소에 나가는 순간부터 집에 돌아오기 직전까지이리라. 코마르는 순하디 순한 마메마저 가만두지 않았다. 길고양이가 제 곁을 지나가기라도 하는 것처럼 먼지떨이로 두들겨 패는 일이 허다했다.

마 라비아에게 땅을 사들인 후 코마르는 집 바닥에 시멘트를 바르기로 했다. 누라에니의 불평불만을 마지막으로 잠재워볼 요량으로 마르지오에게 일을 거들게 했다. 마르지오는 벌써 열다섯 살이었고 사드라 소령의 돼지 사냥에도 낀 적도 있으니 시멘트를 섞기에 부족함이 없었다. 일요일마다 그 일이 진행됐다. 코마르가 시멘트와 석회를 섞으면 마르지오가 그 반죽을 회반죽과 섞었다. 누라에니는 부자에게 차와 바나나카사바튀김을 가져다주긴 했지만, 코마르의 원대한 계획에는 별 흥미가 없었다.

공사는 여러 날이 걸렸고 바닥은 아주 천천히 그 모습을 드러냈다. 먼저 거실 바닥을 바르고 바닥이 마를 동안 그 위에 판자를 대어놓았다. 그다음 일요일에는 방 두 개의 바닥을 발랐다. 그렇게 부엌과 집 앞 테라스까지 바닥 공사가 끝나는 데는 장장 4주가 걸렸다. 마메는 이제 시멘트 바닥에 앉아 친구들과 만칼라 놀이를 하거나 돗자리 위에서 빈둥거리곤 했다. 그즈음 코마르는 마르지오와 자신이 이뤄낸 대단한 과업이 자랑스러워서 신이 났다. 누라에니는 여전히 아무 관심이 없었다.

다섯 달쯤 지나자 바닥에 금이 생겼다. 처음에 코마르는 생석회를 써서 그런 것이니 더 이상 나빠지지는 않으리라 여겼다. 그러나 금은 점점 더 벌어지더니 한 달쯤 후에는 5톤짜리 쇠구슬이라도 떨어진 듯 바닥이 움푹 파였다. 어떤 이웃은 습기 때문일 것이라고 했고 어떤 이웃은 그 자리가 본래 쓰레기장이나 우물이어서 계속 땅이 꺼진다고 했다. 거실에 하나, 부엌에 둘, 침실에 작은 것이 또 하나, 그런 틈이 여러 군데에 드러났다.

누라에니는 대나무 벽과 지붕 수리가 실패로 돌아갔을 때처럼 부엌 살림을 상대로 남편이 하는 일 치고 제대로 되는 일이 있었냐며 비웃어댔다. 마르지오는 어머니가 혼자 중얼거리는 소리를 듣고 집 밖으로 나가버렸다. 코마르가 그 소리를 들으면 화를 내며 아내를 침실로 끌고 가 따귀를 갈기거나 곤로에 던져버릴 것이 뻔했다.

집은 황량했다. 그는 부모를 도무지 이해할 수 없었다. 어째서 두 사람은 이렇게 살면서 서로를 괴롭히고 벌주는 데만 열중할까? 코마르의 입장에서 생각해보면 아내의 냉소와 비웃음을 참기란 힘든 일일 것이다. 그러나 그는 정말이지 그런 대접을 받을 만했다. 그자는 제 가족에게 주먹을 휘두르는 데

잠시라도 주저하는 법이 없었다. 그렇게 온 가족을 무덤으로 몰고 갔다. 결국 코마르는 두 손 들고 누라에니에게 소리를 질렀다. 이 집에서 일어나는 일은 다 당신 책임이야, 그게 다였다. 코마르는 이제 닭과 토끼 키우는 일에만 열중했다. 싸움닭을 키워 닭싸움에 내놓고 비둘기를 키워 공설운동장이나 버려진 기차역에서 열리는 비둘기 경주에 내보냈다.

코마르가 집안일에 신경을 끊자 누라에니는 집을 꾸미기 시작했다. 그러나 마르지오와 마메는 금세 어머니의 취향이 상당히 이상하다는 것을 알게 됐다. 누라에니는 오래된 달력에서 타지마할과 여배우 메리암 벨리나의 사진을 잘라내 거실의 나무 의자 위쪽 벽에 붙였다. 또 마르지오의 어릴 적 스케치북에서 찾아낸 서투른 그림과 개발새발 쓴 글씨를 문 옆에 걸어두었다. 여기에 관해서는 아무도, 마르지오와 마메조차도 말을 하지 않았다. 그렇게 집을 꾸며놓고도 어머니가 별로 좋아하는 것 같지도 않았다. 하지만 뭐라고 하기라도 하면 어머니가 서운해할까봐 두려웠다.

어느 날 누라에니는 이웃에게서 알라만다 구근을 얻어왔다. 마당은 늘 식물 하나 없이 황량해서 동네 애들이 구슬치기를 하는 곳이 됐다. 그 마당에 누라에니는 구근을 심었다. 마르지오는 구슬치기할 공간을 잃었지만, 제아무리 별것 아닐지라도 어머니가 마음을 둘 곳을 찾은 것이 기뻤다. 누라에니는 아침마다 물을 주었다. 알라만다가 제대로 자리를 잡자 이번에는 노란 방울꽃을 가져왔다. 방울꽃으로 앞마당에 울타리를 만들고 사람이 다니는 길은 아주 조금만 남겨두었다. 그는 방울꽃에도 매일 물을 주었다. 마메는 어머니가 자식보다 꽃을 더 열심히 돌본다고 생각했다.

알라만다와 방울꽃이 굳게 뿌리를 내리는 사이 차례로 새로운 꽃이 도착했다. 부엌 벽을 타고 자라도록 재스민꽃을 심었고, 방울꽃 주위에 네 가지 종류의 장미를 심었다. 그러고 나서 옥엽금화가 왔다. 천일홍은 집 한쪽 골목 근처에 무더기로 피었다. 란타나는 테라스 옆 떨어져나가는 벽 옆에서 덤불을 이뤘다. 나리꽃이 쓰레기 버리는 곳 근처에서 피어났고, 누라에니는 처음 가져온 알라만다에서 씨를 받아 마당 동편 구석에 또 심었다. 온 동네를 통틀어 그 집만큼 꽃이 많은 집은 없었다. 꽃가게조차도 명함을 내밀지 못할 지경이었다. 누라에니는 물을 엄청나게 많이 먹는 아치오테와 칸나도 심었다. 보라색 나팔꽃은 나무에 기대어놓은 대나무 통을 타고 자랐다.

마지막으로 당도한 꽃은 접시꽃과 정글불꽃이었다. 마르지오가 학교에서 씨앗을 가져온 부겐빌레아까지 더해지니 이제 마당엔 발디딜 틈도 없을 지경이었다. 마지막으로 코코넛 껍질에 담긴 난 몇 포기가 서까래에 걸렸다. 코마르는 꽃이 불어나는 광경을 감탄하며 지켜봤다. 아내가 집을 꾸미려는 줄만 알고 정원을 가꾸다보면 아내도 마음이 달라지겠거니 기대했다. 우기가 되자 꽃들은 무섭게 자라나고 또 불어났다. 녹색 정글에 형형색색의 꽃들이 피어나 장관을 이뤘다. 마르지오도 코마르처럼 정원의 꽃덤불 때문에라도 어머니가 좀 더 기분이 좋아지지 않으려나 힐끔힐끔 바라보곤 했다.

지나고 보니 식물들은 지나치게 무성했다. 작은 집을 돋보

이게 해줄 아름다운 정원이 될 줄로만 알았는데 이제 정글을 이루며 사방에서 꽃을 피워댔다. 몇 달 지나자 알라만다는 키가 훌쩍 자라 지붕 가까이 닿을 정도가 됐다. 샛노란 꽃들이 새파란 하늘과 만나며 나비들을 불러 모았다. 부엌 벽의 재스민 꽃은 짙푸르게 무성한 잎 가운데 밤하늘의 별처럼 하얗게 빛났다. 온갖 꽃이 급속도로 퍼져나갔다. 방울꽃은 빽빽하게 우거져 그 자체로 울타리가 되었다.

마르지오는 정원을 꽃덤불이라고 부르기 시작했다. 잎사귀들은 시들거나 서로 빛을 보려고 다투며 자랐다. 코마르는 자신의 기대가 헛된 바람이었음을 깨닫고 꽃을 함부로 대했다. 이발소에서 돌아오면 자전거를 방울꽃 더미에 세우거나 장미 덤불에 처박아 꽃들을 짓밟았다. 그렇게 꽃이 죽거나 시들면서 꽃덤불은 더 어수선해졌다. 2년이 채 지나지 않아 아무도 그 집의 앞면을 볼 수 없게 됐다. 집은 완전히 녹색 잎에 가려졌다. 누가 찾아오기라도 하면 들어가는 문이 어디냐고 물을 정도였다. 죽은 식물이 거름이 되어 남은 꽃들은 더 무성하게 자랐다.

어느 날 마메는 테라스에 기어가는 뱀을 보고 마르지오가 와서 잡아줄 때까지 소리를 질러댔다. 작고 흔하고 독도 없는 종류로 애들이 잡아서 손가락 사이에 끼우고 놀거나 마술사들이 한쪽 콧구멍에 넣었다가 다른 콧구멍으로 빼내는 그런 뱀이었다. 그러나 마메는 뱀을 보고 나서 꽃덤불을 좀 쳐내고, 적어도 한때 그랬던 것처럼 보기 좋은 정원으로 정돈해야겠다고 생각했다. 그래서 하루는 칼을 들고 나서는데 누라에니가 딸을 붙잡았다. "하지 마." 마메는 한마디도 토를 달 수 없었다. 꽃덤불을 건드리는 자는 가만두지 않겠다는 누라에니의 단호한 표정 때문이었다. 마메는 포기하고 칼을 다시 집어넣었다.

그제야 마메는 누라에니가 왜 그렇게 꽃을 심어댔는지 깨달았다. 누라에니는 최대한 이 집을 흉측하게, 131호 집에 처음 도착했던 그날만큼 엉망으로 만들고 싶었던 것이다. 꽃을 잔뜩 심어서 집을 망쳐놓는 이해할 수 없는 행동의 이면에는 그렇게나 깊은 절망과 분노가 있었다. 마메는 어머니의 절망과 분노가 너무 크고 깊어서 두려웠다. 마메는 다시는 꽃을 건드리지 않았다. 아름다운 재스민꽃이나 피처럼 붉은 장미를 아무리 꺾고 싶어도 어머니의 표정을 생각하며 마음을 접었다. 꽃을 꺾기 전까지는 어머니가 화내는 것을 한 번도 본 적이 없었다. 집에서 화를 내는 사람은 아버지뿐이었다. 그래서 마메는 더 무서웠다. 어머니가 화를 낸다면 매일같이 화를 내는 아버지와는 비교도 안 될 만큼 끔찍할 것 같았다.

마당의 꽃덤불은 뱀과 애벌레의 보금자리일 뿐 아니라 여우와 도둑의 은신처기도 했다. 이웃들은 그걸 보며 웃어댔고 그럴수록 코마르는 자전거로 꽃덤불을 짓이겼다. 누가 저 꽃은 다 어디에다 쓰려느냐고 묻기라도 하면 누라에니는 냉큼 대꾸했다. "내 장례식에 쓰려고요."

마메는 마리안이 죽고 얼마 지나지 않아 처음이자 마지막으로 누라에니가 꽃을 꺾는 것을 보았다. 어머니는 마메거 모르는 이상한 옛 노래를 불렀다. 아마도 어릴 적에 배운 노래이리라. 어머니는 청승맞은 노랫가락을 흥얼대며 조심스럽게 꽃을 꺾어 바구니에 담았다. 꽃을 하나하나 뽑는 동작이 마치 꽃을 죽이는 것 같았고, 그의 슬픔은 죽은 아이가 남긴 빈 자리만큼 커 보였다.

나중에 코마르 빈 슈엡이 죽고 나서 마메는 어머니가 그랬던 것처럼 장례식에 쓸 꽃을 잘랐다. 망자에게 아무것도 해주지 않았던지라, 어머니가 꽃을 꺾는 것을 허락할 줄로만 알았다. 그러나 어머니의 표정은 단호했다. 죽은 아비에게 빼앗긴 것이 너무 많았다. 그러나 이제 제법 큰 처녀가 된 마메는 어머니의 뜻을 거스를 줄 알게 되었다. 그는 어머니의 눈빛을 무시하고 계속 꽃을 꺾었다.

이즈음 마르지오는 무엇으로도 어머니를 행복하게 할 수 없다는 결론을 내렸다. 꽃으로는 어림도 없었다. 그 꽃들이 마당을 덮고 있는 한, 그러니까 정신 나간 꽃덤불이 집을 에워싸고 있는 한, 누라에니가 곤로와 냄비에게 구시렁거리기를 멈추지 않는 한, 슬픔은 사라지지 않았다. 그러나 꽃덤불은 누라에니를 기쁘게 하지는 못해도 일종의 위안 같은 것을 주었다. 그 때문에 평소 덤벙대는 마르지오도 꽃들 앞에서는 언제나 조심스럽게 행동했다. 그 외에는 아무것도 어머니의 기분을 나아지게 하지 못했다.

그러던 어느 날 완전히 다른 광경을 보았다. 그날 밤 마르지오는 스말의 죽음 편을 공연하는 와양을 보러 갔다. 와양이 끝나고 방범초소에서 잠깐 자다가 배가 고파 먹을 것을 찾아 새벽에 들어왔는데, 어머니에게서 광채가 난다고 느꼈다. 처음 있는 일이었다. 뺨은 발그레하고 동그란 눈은 빛났다. 막 목욕을 하고 입술에 연지를 바르고 얼굴에는 분까지 발랐다. 식탁에는 갓 한 밥과 생선, 야채 코코넛 커리가 차려져 있었다. 어머니는 이렇게 일찍 일어나 아침 준비를 한 적이 없었다. 마르지오는 어제 먹다 남은 음식이나 찾아 먹을 생각이었다가, 집이 완전히 달라진 것을 보고 깜짝 놀랐다. 그는 마메에게 무슨 일이 있었냐고 속삭여 물었지만, 온종일 집에 있던 누이도 그 까닭을 몰랐다. 남매는 달력을 보며 오늘이 무슨 날이라도 되는지 찾아봤지만 아무 날도 아니었다. 둘은 이유 찾기를 포기하고 해가 지기 전에 다시 어머니의 기분이 달라지리라 여겼다. 하지만 그렇지 않았다. 누라에니는 남편을 끝없이 증오하면서도 하루하루 더 행복해져갔다.

한참이 지나서야 마르지오는 무슨 일이 벌어졌는지 깨달았다. 누라에니는 임신 중이었다. 나중에 마리안이라는 이름을 갖게 될 아기가 배 속에 있었다.

누라에니의 배가 크게 부풀어오르고 나서야 마르지오는 그 사실을 깨달았다. 막연히 딸일 것이라 짐작했다. 사람들 말이 아이를 뱄을 때 산모가 갑자기 아름다워지면 딸이라고 했다. 누라에니는 생카카오 같은 이상한 것들을 먹고 싶어 했다. 마르지오는 망한 플랜테이션 농장을 돌며 아직 열매가 있는 나무를 찾아다녔다. 하루는 바나나꽃 로데를 먹고 싶다고 해서 마메가 끓여주기도 했다.

어머니의 갑작스런 임신은 사실 마르지오나 마메에게 좀 성가신 일이었다. 생각해봐, 마르지오가 마메에게 말했다. 거의 스무 살이 된 그가 갑자기 핏덩어리 같은 동생을 얻는다니

말이다. 하지만 그보다는 어머니의 얼굴에 나는 광채가 더 신경 쓰였다. 아이를 낳기에 너무 나이가 많은 것도 걱정스러웠다. 올해 나이가 어떻게 되던가? 마르지오는 어머니가 적어도 서른여덟은 됐다고 계산했다. 아직은 젊은 축이고 또 빛나는 얼굴 때문에 더 젊어 보이는 것 같았다. 아직 두세 번은 더 아이를 낳을 수 있지 않을까 하고 생각했다.

남편에 대한 누라에니의 태도는 달라지지 않았다. 어조가 밝아지긴 했지만 여전히 비아냥대는 투로 곤로와 냄비에게 말을 했다. 코마르는 아내에게 어찌나 무심했던지 아무런 변화도 눈치채지 못했다. 그는 가족 중 마지막으로 아내가 임신한 것을 알았다.

누라에니는 꽤 오랫동안 안와르 사닷의 집에 가서 집안일을 거들었고 아이를 낳는 날까지 그 일을 계속 했다. 집에는 할일이 많지 않았던지라 코마르는 아내가 남의 집 일을 거들게 놔두었다. 사드라 소령의 처도 자식들이 오거나 군부대 손님이 와 저녁상을 차려야 할 때면 누라에니를 불렀다. 누라에니는 돌아오는 길에 음식을 싸왔다. 식당이나 제과점에도 나가일했지만, 가장 자주 가는 곳은 바로 이웃 안와르 사닷의 집이었다. 카시아는 매일 병원에 나가야 하는 데다 집에 있을 때도 늘 바빴다. 딸들은 아무 일도 안 하고 부모 집에서 빌어먹기만 했다. 누라에니는 그 집에서 밥을 짓고 반찬을 했다. 빨래를 하고 다림질을 하고 바닥과 마당을 쓸고 마에사 데위의 아기를 돌봤다.

코마르가 아침을 먹고 자전거를 타고 시장의 나무 그늘 아래 제 이발소 자리에 나가면, 누라에니는 서둘러 안와르 사닷의 집에 갔다. 기척도 없이 들어가서는 제일 먼저 아기를 목욕시키고 빨래를 욕실로 가져갔다. 그사이 라일라와 마에사 데위는 소파에 늘어져서 과자를 집어먹었고, 안와르 사닷은 흔들의자에 앉아 클로브 담배를 피웠다. 누라에니는 빨래를 비눗물에 담가놓고 점심을 준비했다. 임신한 후에도 이 모든 일을 그만두는 법이 없었고, 바로 그 때문에 코마르는 아내가 임신한 것을 알지 못했다.

사실 안와르 사닷의 집에 제일 먼저 드나들기 시작한 것은 마르지오였다. 131호 집으로 이사한 지 얼마 되지 않아서였다. 코마르는 아들에게 마 소마에게 가서 코란 읽기를 배우라고 했다. 마르지오로서는 지긋지긋한 집에서 벗어나 새 친구들을 사귈 수 있는 좋은 기회였다. 거기에는 다른 종류의 기쁨도 있었다.

기도가 끝나면 마르지오와 동무들은 안와르 사닷의 집 큰 창문 앞에 모여들었다. 텔레비전이 흔치 않던 시절, 그 집에는 텔레비전이 있었고 안와르 사닷은 기꺼이 아이들에게 텔레비전을 보게 해주었다. 가끔 어른들도 나타나 담배 연기를 뿜어대며 테라스의 코코넛나무 의자에 앉아 텔레비전을 봤다. 아이들은 감히 그 안에 들어가지 못했다. 텔레비전 앞에는 점잖은 그 집 식구들이 모여 있고 딸들은 완두콩을 집어먹으며 조용히 앉아 있게 마련이었다. 그런 자리를 방해하는 것은 예의에 어긋나는지라 최대한 가까이 가서 창문 너머로 훔쳐보는 쪽을 택했다.

그러나 안와르 사닷은 그런 아이들에게 안으로 들어오라고
했다. 들어와서 돗자리나 소파에 앉으라고 사뭇 명령조로 말
했다. 아이들은 집에 가서 할 일이 없을 때면 시키는 대로 했
다. 특히 안와르 사닷이 비디오라도 보여줄 태세면 두말할 것
없이 들어가 앉았다. 그는 자주, 특히 토요일 밤이면 해변 호
텔에 있는 비디오 대여점에서 비디오를 빌려 보여주었다. 마
르지오는 그 집에서 〈소림무술〉이며 〈람보〉를 처음으로 알게
됐다.

하루저녁은 비가 퍼부어서 그런지 다른 아이들은 모두 집
에 가고 마르지오만 남았다. 코마르가 그날 저녁 내내 누라에
니를 팼던지라 집에 가고 싶지 않았다. 마르지오는 텔레비전
을 좀 보다가 모스크에서 자야겠다고 생각했다. 다 같이 모여
텔레비전을 보다가 그 집 식구 중 하나가 배가 고프다고 투정
했다. 마침 집에는 먹을 것이 하나도 없었다. 안와르 사닷이 밖
에 앉아 있던 마르지오에게 와서 시장에 가서 먹을 것을 좀 사
올 수 있겠느냐고 물었다. 늦었지만 아직은 템페 튀김이나 닭
꼬치며 생선구이를 파는 노점이 열었을 시간이었다. 마르지오
가 대답도 하기 전에 막내딸 마하라니가 밖으로 나오더니 자
기도 가겠다고 했다. 두 아이는 우산 하나를 나눠 쓰고 비와 어
둠을 뚫고 갔다.

그렇게 마르지오는 안와르 사닷의 심부름을 도맡아 하는
사이가 되었다. 그보다는 마하라니와의 기적 같은 관계가 시
작됐다는 것이 아마 더 중요한 일일 것이다. 둘은 동갑이었다.

아들이 없는 안와르 사닷은 그 집의 유일한 남자였던지라

힘 쓸 일이 생기면 131호 집으로 가서 마르지오를 불렀다. 마르지오는 쌀자루를 창고에 나르거나 비가 새는 지붕을 고치거나 앞마당 덤불을 베기도 했다. 이런 일을 하고 나면 안와르 사닷은 돈을 주거나 저녁 식사에 초대했다. 명절 때면 새 바지와 신발도 사주었다. 언젠가는 어머니가 집으로 와 밥을 해줄 수 있겠느냐고 물어봐서 마르지오는 누라에니를 데려왔다.

그렇게 안와르 사닷은 그 집 식구 중 또 한 명이 집에서 도망칠 수 있는 시간을 벌어주었다. 카시아가 따로 돈을 챙겨주지는 않지만 누라에니는 그 집에 아무리 할 일이 많다 해도 싫은 내색을 하지 않았다. 국 한 그릇과 고기 몇 점이면 충분한 보상이었다. 그 집에서는 안와르 사닷이 방에 틀어놓은 청승맞은 노래도 들을 수 있었고, 예쁘지만 버릇없는 딸들을 보는 것도 좋았다. 누라에니는 라일라와 마에사 데위가 어떤 일을 시켜도 기분 나쁘지 않았다. 라일라는 걸핏하면 안마를 해달라고 하고 마에사 데위는 국수를 끓여달라고 했지만 기꺼이 해주었다. 이 집에서 누라에니는 곤로나 냄비에게 말을 거는 법이 없었고 예전의 상냥한 여인으로 돌아왔다.

점차 이 집 살림이 누라에니의 일과가 되었고 안와르 사닷과 카시아는 그를 따로 부를 필요도 없게 됐다. 그는 마치 천장에서 뚝 떨어진 것처럼 갑자기 새벽에 나타나 카시아에게 식사 준비를 도울지 묻곤 했다. 카시아는 보통 직접 아침을 차렸지만 귀찮을 때는 누라에니에게 맡겼다.

누라에니는 그 집이 마치 제집이라도 되는 양 열심히 살림을 꾸렸다. 집주인도 당해내지 못할 만큼 반짝반짝 바닥을 광내고, 타일 하나하나 가장자리까지 고양이가 발바닥 핥듯 먼지 하나도 놓치지 않고 손걸레로 닦아놓았다. 또 유리창은 어찌나 티 하나 없이 말끔히 닦았던지 날벌레와 나방이 깜빡 속고 와서 부딪힐 정도였다. 131호 집의 유리창은 이렇게 닦는 일이 없었다. 그 집 창문에는 코마르와 마르지오가 회칠을 하며 튀기고 묻힌 석회가 그대로 뿌옇게 묻어 있었다. 제집의 꽃덤불과 달리 이 집에서는 마당의 화초 하나도 시들게 하는 법이 없어 카시아는 그를 더욱 기특하게 여겼다. 카시아는 돈 한 푼 안 받고도 일하는 충직한 식모라도 둔 것처럼 그를 계속 불러들였다.

누라에니가 그 집을 그토록 좋아한 까닭은, 남편의 폭력과 강간과는 정반대 지점에 있는 안와르 사닷 부부의 부드럽고 점잖은 태도 때문이었다. 그 점을 잘 알기에 코마르는 아내가 그 집에서 돌아오면 질투심에 사로잡혀 평소보다 더 심하게 때리고 강간했다. 그는 아내의 몸뚱이를 갈수록 더 함부로 대했다. 하지만 낮에는 일을 나가야 하니 아내가 그 집에 못 가게 막을 길이 없었다. 그는 안와르 사닷 부부가 누라에니와 마르지오에게 주는 돈이 제 벌이를 다 합친 액수보다 많은 것을 알고는 제 힘이 예전만 못한 것을 깨달았다. 아들과 아내가 그 집에 가는 것을 막을 수 없으니 더 고약하고 괴팍하게 구는 수밖에 없었다.

그러나 파국은 완전히 다른 곳에서 시작됐다. 그 집에서 받은 점잖고 인간적인 대우는 누라에니의 마음을 흔들어놓았다. 그 집 살림에 매달리느라 골병이 들거나 한 것이 아니었다. 그

것은 안와르 사닷의 바람기였다. 누라에니에게 아직 남아 있
던 미모의 흔적이 그를 흔들어놓았다. 그가 아내 카시아에게
서 한 번도 찾아내지 못한 것이었다.

어느 날 누라에니가 곤로 위에 물을 올려놓고 양파를 써는
데 안와르 사닷이 뒤로 다가와 그를 꼬집었다. 누라에니는 깜
짝 놀랐다. 그 남자가 치마만 두르면 덤비는 늑대라는 소문은
들었지만, 고개를 돌려 그 모습을 직접 보니 생각했던 것보다
더 놀라워 안 그래도 큰 눈이 더 커졌다. 그러나 그 남자는 부
드러운 얼굴에 어린애 같은 미소만 짓고 있을 뿐 욕정 같은 것
은 눈에 보이지 않았다. 그런 다정한 얼굴을 보고 누라에니는
그저 딸들이 보면 어쩌려고 그러냐며 그를 쫓아낼 수밖에 없
었다.

누라에니가 집에서 일을 하는 동안 그 집 딸들은 잘 보이지
않았다. 라일라는 늘 외출 중이었고 마에사 데위는 늘 침대에
누워 있었다. 누라에니가 화를 내지 않자 안와르 사닷은 기회
만 생기면 몰래 와서 그의 엉덩이를 꼬집거나 두들겼다. 그럴
때마다 누라에니는 더 이상 놀란 눈으로 돌아보지 않았다. 그
저 얼굴이 빨개지면서 입가에 희미한 미소를 지을 뿐이었다.
남자의 손길이 다정하게 느껴졌다. 처음 받아보는 누군가의
관심이기도 했다. 그 손길이 부적절하다는 것을 알면서도 실
은 좋아했기에 얼굴이 붉어졌는지도 모른다. 그 남자가 뭔가
를 아는 듯한 미소를 지으며 나타날 때마다 젖꼭지가 단단해
지면서 저도 모르게 그의 손이 닿기를 기다렸다.

어느 날인가 안와르 사닷은 과일을 어루만지듯 엉덩이를

꼬집는 데서 좀 더 나아갔다. 누라에니가 시금치 더미에서 벌레 먹은 잎을 골라내는데 그가 뒤에 와서 섰다. 누라에니는 그의 숨결이 머리칼과 목 뒤에 와 닿는 것을 느꼈다. 여자는 덜컥 겁이 나 온몸이 얼어붙었고 그사이 남자는 손을 들어 옷 위로 여자의 몸을 쓸었다. 여자는 무슨 일이 벌어지고 있는지, 어떻게 해야 할지 몰랐다. 남자가 제 몸을 바짝 가져다 붙이자 탁자 쪽으로 몸이 밀렸다. 여자는 뒤를 돌아볼 엄두가 나지 않았다. 그랬다간 남자의 눈과 정면으로 마주치고 코가 맞닿을 터였다. 여자는 찬 손을 늘어뜨리고 몸을 떨었다. 탁자 여기저기 시금치가 널린 채였다. 남자는 여자의 등에 기대더니 몸을 여자의 엉덩이 쪽에 바짝 갖다 댔다. 한 손은 느슨하게 풀고 다른 손은 여자의 따뜻한 젖가슴을 부드럽게 어루만졌다. 손이 부드럽게 움직이며 여자의 모든 세포를 건드렸다. 여자는 숨도 쉬지 못했다.

여자는 몸에 힘이 쭉 빠졌다. 남자는 이제 여자의 몸을 제것이 됐다고 여기고 점점 더 아래로 손을 내렸다. 옷 위로 살결을 쓸어내리다가 손이 허벅지에 닿았다. 이제 검지로 치맛단을 끌어올리더니 천천히 손이 치마 속으로 들어갔다. 여자는 온몸의 털이 바짝 서는 것을 느꼈다. 남자의 손가락이 이리저리 분주히 움직였다. 그때 갑자기 누라에니는 찬바람이 핏줄에 들어가기라도 한 듯 정신이 확 들었다.

그는 옷매무새를 바로 하고 안와르 사닷의 손을 뿌리쳤다. 팔꿈치로 살짝 남자를 밀어 등에서 떨어지게 했다. 그 거절의 동작은 부드럽고 약간 애매한 구석이 있었다. 안와르 사닷은 한 번 더 여자의 엉덩이를 어루만지더니 순순히 물러갔다. 아직 그의 때가 오지 않은 것을 인정한 것이다. 어쨌거나 그는 사랑을 나누는 데는 선수였다.

그날 누라에니는 황급히 일을 마치고는 시금치국 한 그릇을 챙겨 서둘러 집에 돌아왔다. 이제 그 집에 가지 않을 작정이었다. 이틀이 지나지 않아 카시아가 그를 부르자 아픈 척을 했다. 사실 몸이 안 좋기도 했다. 안와르 사닷이 몸을 붙인 채 치마 안으로 손을 넣어 허벅지를 만지다가 비밀스런 그곳까지 닿을 뻔한 그 순간을 도무지 잊을 수 없었다. 그 기억이 머릿속에 계속 맴돌았다. 누라에니는 아직도 그의 손길을 때론 따뜻하게 때론 차갑게 느낄 수 있었다. 잊으려고 애를 쓰면 쓸수록 더 또렷하게 기억났다.

사흘이 지나서야 달뜬 열이 내렸다. 이제 두려움이나 아픔 없이 그 순간을 기억할 수 있었고 그 몸짓의 놀랍고도 친밀한 면과 그땐 미처 알지 못했던 온기를 느낄 수도 있었다. 누라에니는 수줍었지만 남자가 그리웠고 다시 한 번 뒤에 선 그의 손길을, 더 깊숙한 곳까지 느껴보고 싶었다. 그래서 다시 그 집에 들어섰다. 그날은 처음 발을 들여놓는 손님처럼 문 앞에서 잠시 주저하다가 부엌으로 들어가 일을 시작했다. 머릿속이 온갖 생각으로 복잡한데, 누가 이쪽으로 오는 소리가 들렸다. 슬리퍼를 끄는 소리만 들어도 누구인지 금세 알 수 있었다. 돌아볼 필요도 없었다. 안와르 사닷이 이쪽으로 오고 있었다. 그런데도 누라에니는 돌아보았다. 그 남자는 윗 단추를 끄른 셔츠에 아래는 속옷 바람으로, 죄의식이라고는 없이 유혹하는 미소를 지었다. 여자는 수줍은 미소를 지어 보이며 눈은 남자에게 고정한 채 고개를 까딱했다. 안와르 사닷은 이제 여자가 제 앞에 무릎 꿇은 것을 알고 취하러 왔다.

안와르 사닷은 이번에는 엉덩이를 꼬집거나 가슴에 슬쩍 손을 올리지 않았다. 뒤에 서서 양손으로 여자의 몸을 어루만지며 꼼짝 못하게, 아무 소리도 내지 못하게 했다. 주변의 공기조차 여자를 꼼짝 못하게 누르는 것 같았다. 여자는 겁이 났지만 자신이 무엇을 하고 있는지 모르지 않았다. 이제 무슨 일이 벌어질지 행여 남자가 자신을 거칠게 대할지 몰라 불안해졌다. 남자의 얼굴이 제 머리칼을 거쳐 목덜미에 와 닿았다. 남자의 거친 숨소리와 여자의 가쁜 숨이 박자를 맞춰갔다. 남자는 이제 손을 여자의 골반으로 옮겼다.

조용한 부엌에서 남녀는 한데 어우러져 일종의 리듬에 맞춰 움직였다. 그 순간만큼은 신혼부부가 서로를 애무하는 것 같았다. 안와르 사닷의 손이 천천히, 아주 천천히 미끄러져 내려가면서 점점 긴장을 고조시켰다. 그는 서두르면 일을 그르친다는 것을 무척 잘 알았다. 손가락이 여자의 허리께로 갔다가 다시 위로 올라갔다. 손바닥으로 가슴을 동그랗게 말아 쥐고 어루만졌다. 자식들을 젖 먹이고 남편의 손에 짓이겨지던 여자의 젖가슴은 부엌의 열기와 손가락의 온기에 단단해졌다. 여자의 육체에 젊음이 다시 찾아오는 것 같았다.

안와르 사닷은 몇 년만 더 일찍 이 여자를 만났다면 거의 완벽한 육체를 만날 수 있었을 텐데 하고 생각했다. 벌써 여러 달째 집에 드나들던 이 여자를 지켜보며 여자에게 다가가

지 못한 것을 매일같이 아쉬워했다. 여자는 묵묵히 집안일에
전념했지만 남자는 서러움 아래 가려진 여자의 아름다움을 유
심히 바라보았다. 안와르 사닷은 이제까지는 가까운 이웃이나
잘 아는 여자, 친구의 아내 특히나 처제처럼 제집을 드나드는
여자에게 수작을 부린 적이 없었다. 그러나 이 여자의 물기 어
린 모습 때문에, 또 그가 겪는 고통이 어떤 것인지 알아봤던지
라 그냥 지나칠 수가 없었다. 남자는 이 여자가 사랑할 줄 아는
남자의 손길을 간절히 바라고 있으며 그것이야말로 자신이 해
줄 수 있는 일이라는 생각에 사로잡혔다.

남자는 여자의 가슴을 어루만지고 거친 숨소리를 들으면
서 자신이 여자의 고통을 덜어주고 있다고 느꼈다. 여자의 삶
이 어떤지 잘 알았기에 놀라움을 금치 못했다. 그런 고난 속에
서도 여자는 육체의 아름다움을 간직하고 있었다. 여자의 욕
망이, 젖가슴이 점점 단단해지는 것이 느껴졌다. 이 여자가 이
런 손길, 남자의 손길을 갈망해왔다는 그의 짐작을 증명이라
도 해주는 듯했다.

물론 여자에게 그런 온기를 주는 일은 결코 어려운 일이 아
니었다. 그의 솜씨 좋은 손, 집 앞에 놓인 조각상을 깎고 부끄
러운 줄 모르고 라덴 살레의 작품을 모사했던 그 손은, 제 몸뚱
이 아래 누운 여자 여럿을 황홀경에 빠지게 해주었다. 이제 그
손이 부지런히 움직이며 여자의 살결을 어루만졌다. 여자는
남자에게 몸을 꼭 붙이고 텅 빈 눈으로 천장을 쳐다보면서 입
으로 거친 숨을 내쉬었다. 남자는 여자를 더 거세게 붙들었다.
동그랗게 만 손으로 병뚜껑을 열듯 손바닥을 둥글게 돌렸다.

한 번인가 두 번인가 그러다가 둘은 몸을 부딪혔다. 머릿속은 텅 비고 다리에는 힘이 빠지고 몸은 땀으로 젖었다. 여자의 원피스는 목 뒤쪽의 후크로 여는 것이었다. 남자는 손가락에 눈이라도 달린 듯 능숙하게 천천히 후크를 열고 여자의 브래지어 안으로 손을 넣었다.

둘은 완전히 몰입해 숨을 내쉴 때마다 더 거칠게 움직였다. 그때 집 앞 어디선가 문이 열리는 소리가 났다. 둘은 동작을 멈췄다. 마에사 데위가 부엌에 들어섰을 때 누라에니는 식칼을 들고 돌아서서 조리대 앞에 서 있었지만 썰 것은 아무것도 없었다. 몸을 돌릴 용기가 나지 않았다. 어쩌면 마에사 데위는 누라에니의 흐트러진 옷매무새를 봤을지도 모른다. 한편 안와르 사닷은 찻주전자 옆에 서서 컵에 물을 따르고 있었다. 그 역시 몸을 돌린 채였다. 바지 속 무언가가 순식간에 쪼그라들었다. 마에사 데위는 잠시 두 사람을 빤히 쳐다보다가 화장실로 가더니 요란하게 오줌을 눴다. 안와르 사닷은 아무 말 없이 부엌에서 나갔다.

그즈음 정말이지 마르지오와 마메는 어머니가 달라진 것을 눈치챘다. 그날 밤 누라에니는 환희로 벅차올랐다. 눈에는 소녀 시절 이래로 사라진 광채가 돌았다. 한참 동안이나 목욕을 하더니 4년 전 르바란 때 산 제일 좋은 옷을 꺼내 입었다. 밥을 올려놓고는 불가에서 새끼 고양이를 데리고 놀았다. 평소에는 동물에게 신경도 쓰지 않던 그가 고양이를 쓰다듬고 손가락으로 장난을 쳐주고 재우기라도 하는 듯 노래를 불러주었다. 마메도 마르지오도 그 광경을 보았다. 좀 이따가 코마르도 민을

155

수 없는 얼굴로 그 모습을 보았지만, 다들 누라에니의 광기가 새로운 양상으로 나타나는 모양이라고 여겼다.

누라에니는 그날 있었던 일을 되새겨보았다. 그에게는 아름답기만 한 순간이었고 안와르 사닷의 손길이 미치도록 그리웠다. 결국 두 사람에게 닥쳐올 그 순간을 생각하면 가슴이 터질 것 같았다. 다 끝난 것이 아니었다. 아직 남은 것이 있었다.

다음날 아침 10시 누라에니는 안와르 사닷의 집으로 향했다. 기대감에 몸이 떨려 가는 길에 거의 쓰러질 지경이었다. 위에는 단추가 나란히 달린 블라우스를, 아래는 부푼 치마를 입었다. 벗기기 쉬운 옷을 입은 것은 일종의 항복 표시 같은 것이었다. 어제 있었던 일이 다시 벌어지기를 열망했지만 한편으로는 마에사 데위가 눈치라도 챘을까 겁이 났다. 그는 가만히 타일 바닥을 밟으며 집 안으로 들어섰다. 아무 일도 없었던 것처럼 부엌에 들어갔지만 눈길은 집 안을 이리저리 돌며 안와르 사닷을 부지런히 찾아다녔다. 그는 부엌 한가운데서 한편에는 곤로를 다른 편에는 식탁과 찬장을 두고 가만히 섰다. 아무것도, 프라이팬도 칼도 감자도 만지고 싶지 않아서 그냥 가만히 있었다. 그렇게 남자의 손길을 기다리며 서 있었다.

문이 열리는 소리가 들렸다. 누라에니는 꼼짝도 하지 않았지만 발소리만 듣고도 남자인 것을 알았다. 남자도 기다리고 있었다. 부엌 한가운데 무방비 상태로 선 여자를 보고 남자는 오늘이야말로 그들의 것이 되리라고 생각했다. 여자는 어떤 말도 하지 않으면서도 원하는 대로 하라고 말하고 있었다.

남자는 발을 끌며 여자의 손을 잡고 침실로 이끌었다. 그는 방문을 안에서 잠갔다. 이제 침실은 아무도, 마에사 데위나 카시아도 들어올 수 없는 둘만의 공간이 되었다.

남자는 방문 옆에 서 있었고 여자는 수줍어했다. 여자는 고개를 숙이고 어디를 봐야 할지 몰라 안절부절못했다. 뒷걸음질 치다가 침대에 부딪히자 그 위에 앉았다. 여자의 손이 새하얀 침대보에, 짙은 갈색의 벌새 문양이 찍힌 부드럽고 도톰한 침대보에 닿았다. 매트리스는 단단하면서도 푹신했다. 여자는 폭력을 휘두르는 남편 없는 세상에서 아무 걱정 없이 안온하게 영원히 잠들고 싶었다. 남자가 여자에게 다가갔다. 여자는 남자의 움직이는 다리와 자신을 정복한 남자의 순진무구한 얼굴을 보며 백일몽을 멈추었다.

두 사람은 잠시 서로를 바라보았다. 여자는 툭 불거져 나온 남자의 사타구니를 보고 수줍게 웃었다. 여자는 덜컥 겁이 났지만 남자는 여자의 어깨를 어루만지며 다시 온기를 주었다. 여자는 다리를 여전히 침대에 걸친 채 누웠다. 숱 많은 머리칼이 물결치고 숨결이 거칠어지고 가슴이 쿵쾅거렸다. 남자는 여자의 다리를 벌리고 그 사이로 몸을 던졌다. 묵직하게 누르는 남자의 무게는 여자를 떨게 만들기 충분했다. 한순간도 더 지체할 수 없었다.

시작부터 안와르 사닷은 참을성 많고 사려 깊은 연인이었다. 그는 여자가 도망치지 못하게 허리를 붙들고 입술 위에 제 입술을 포갰다. 여자는 처음에는 긴장한 듯 뻣뻣했지만 메마른 두 입술이 닿도록 허락했다. 남자가 제 위에 올라타 있어서 여자는 무슨 일이 벌어지는지 알 수 없었다. 그러나 남자의 입술이 수면 위로 올라온 물고기처럼 뻐끔대며 제 열린 입술 사이에 축축한 물결을 만드는 것을 느낄 수 있었다. 남자는 여자가 화답하기를 기다리며 아랫입술을 살짝 깨물었다가 슬쩍 잡아당기며 본격적으로 키스하기를 미뤘다. 여자가 드디어 반응했다. 처음에는 아주 작은 움직임이었지만 곧 거칠어졌다.

그 후로는 모든 것이 쉬웠다. 남자는 여자의 목에 코를 대고 체취를 맡으며 한쪽 귀에서 다른 쪽 귀를 탐하고 다시 입술로 갔다. 두 사람의 육체가 한데 엉키면서 여자는 침대 밖에 걸친 다리를 제대로 침대 안으로 끌어왔다.

둘은 서두르지 않았다. 사랑의 기술에 통달한 연인들처럼 속도를 더 늦췄다. 남자는 여자의 블라우스 단추 다섯 개를 끌렀다. 어찌나 부드럽고 자연스러웠던지 단추가 모두 열리고도 두 사람 다 눈치채지 못할 정도였다. 여자는 이제 반라였다. 남자가 여자의 허벅지 위에 올라타 러닝셔츠를 벗자 가슴팍의 희끗희끗한 털이 드러났다. 이제 둘은 서로를 가만히 바라보았다. 남자가 여자의 젖가슴에 손바닥을 올려놓고 뜨거운 입술을 여자의 입술에 가져다 댔다. 여자의 치마와 속옷이 흘러내렸고, 둘은 꼭 끌어안은 채였다. 솜씨 좋은 손이 벗은 옷을 바닥으로 던졌다. 이제 두 사람은 실오라기 하나 걸치지 않았다. 여자의 다리가 남자의 몸을 둘러싸고 두 사람은 그렇게 벌새 무늬 침대보 위에서 땀에 젖어 가쁜 숨을 내뱉으며 사랑을 나누었다.

절정의 순간은 너무나 강렬해서 아무것도 기억나지 않을 정도였다. 둘은 벌거벗은 채 누워 아무 말도 하지 않았다. 아무 말도 필요 없었고 또 아무 말도 하고 싶지 않았다. 둘은 육체와 영혼을 모두 놔버린 채 나란히 누워 반쯤 눈을 감고 천장을 바라봤다. 방 안에 빛이라고는 창문을 가린 얇은 커튼 사이로 들어오는 정오의 태양이 다였다. 여자는 제 몸에 그런 대담한 구석이 있다는 사실에 놀라면서도 말할 수 없이 의기양양해졌다. 남자에게 어땠냐고 물어볼 필요도 없었다. 여자는 거리낌 없이 돌아누워 제 허벅지를 남자의 몸에 기댔다. 눈을 감고 살짝 미소를 지었다.

그날 저녁 누라에니는 집에 돌아갔지만 아무도 그의 변화를 눈치채지 못했다. 그가 환희를 너무 잘 감춰서일 수도 있고 남들이 그저 무심해서일 수도 있었다. 아는 사람은 안와르 사닷뿐이었다. 그 여자에게서 어떻게 그토록 뜨거운 열정을 끌어냈는지 스스로에게 감탄했다. 두 사람은 계속해서 같은 침대나 혹은 다른 장소에서 정사를 벌였고 시간이 흐를수록 더 뜨겁고 대담해졌다. 마에사 데위가 외출하면 둘은 문을 닫고 커튼을 쳐 어둡게 해서 소파나 식탁 위, 아니면 욕조나 작업실 바닥에서 사랑을 나누었다.

누라에니는 산파나 의사를 찾아가지 않고도 자신이 임신한 것을 바로 알아챘다. 그 사실에 놀라지도 않았다. 오히려 환희에 차서 아직 커지지 않은 배를 쓸어내리며 태어날 아이를 생각하며 앉아 있곤 했다. 이 아이는 처음 갖는 진정한 자식일 것이다. 아주 오랫동안 고대해온 첫아이다. 그 아이가 태어나는 날 울음소리를 듣는 순간과 아이가 자라는 모습을 볼 생각을 하면 눈물이 났다. 그 아이를 사랑할 것이다. 그는 아이가 벌써 태어나기라도 한 것처럼 가만히 노래를 부르곤 했다.

그즈음 마르지오는 어머니의 변화를 감지하기 시작했다. 생기가 넘치고 옷도 더 잘 차려입고 아름다워졌다. 훨씬 나중에야 그 광채는 어머니의 배 속에서 자라는 여자아이 때문이라는 것을 알았다. 그는 마메에게 어머니가 임신했다고 말했고 둘은 생각지도 못한 동생을 보게 된 것에 놀랐다. 그때만 해도 마르지오는 아이가 아버지의 아이인 줄로만 알았다. 하지만 어떻게 가능했을지는 좀 의문이었다. 꽃덤불이 생기고 나서부터일까 벌써 여러 해 누라에니는 마메와 함께 잤다. 더군다나 아비는 늙었고 언젠가 연장이 말을 듣지 않는다며 불평하는 것을 듣기도 해서 아직 아이를 만들 수 있다는 사실이 조금 놀랍기도 했다.

마르지오는 밤중에 아비가 마메와 자는 방에서 어머니를 끌고 나가 침대나 쌀통 위에 내동댕이쳐 거칠게 욕보이는 장면을 상상했다. 그 짓을 아내가 임신할 때까지 수도 없이 해댔을 것이다. 있는 자식 둘도 제대로 먹이지 못했다는 사실 따위는 생각지도 않았을 것이다. 그는 이런 얘기를 마메에게 하지는 않았지만 의심은 계속 커져갔다. 그러다가 어머니의 배가 의심할 나위 없이 불러 오르자 놀랐다. 코마르는 여전히 모르는 듯했다. 그렇게나 아내에게 무심했던 것이다.

결국 아내가 임신한 것을 알게 된 코마르는 미치광이처럼 화를 냈다. 그가 휘두르는 폭력에 마르지오와 마메는 얼이 빠질 정도로 놀랐다. 가끔 맥없이 아내를 때리기는 했지만 없는 사람 취급한 지 오래였기 때문이다. 그러나 이번에는 지금까지 봤던 어떤 폭력보다 거센 폭풍이 몰아쳤다. 그간 억누른 분노가 몰아치는 듯했다. 그는 아내를 부엌에서 거실 한복판으로 끌고 나오더니 아무 말도 없이 뺨을 때리기 시작했다. 누라에니는 악을 쓰며 비명을 질렀다. 배 속의 사랑하는 아이를 지키기 위해서라도 맞서 싸우겠다는 태세였다. 그는 남편에게 짐승, 악마, 돼지라고 소리 질렀고 코마르도 비슷하게 맞받아쳤다. 아내가 지지 않고 덤벼들자 코마르는 더 악착같이 매질을 했다. 손바닥으로는 안 되겠다는 듯 주먹을 말아 쥐더니 아내의 이마를 쳤다.

그 통에 누라에니가 휘청하며 벽으로 밀리자, 코마르는 득달같이 쫓아가 장딴지에 발길질을 해댔다. 구석에 몰린 누라에니가 바닥에 엎어지자 엉덩이를 마구 밟았다. 누라에니가 견디다 못하고 그의 발을 잡았다. 아내가 끝까지 항복하지 않자 더 불같이 화가 일어나 이번엔 머리채를 잡고 일으켜 세웠다. 이제 눈을 마주 보며 서자 턱에 주먹을 날렸다. 누라에니는 다른 쪽 구석으로 쓰러졌다. 얼굴이 벌개졌지만 울지 않았다. 남편이 계속 때리는 와중에도 배를 손으로 꼭 감싸 안았다.

"창녀 같은 년!" 코마르는 부들부들 떨었다. 재떨이를 아내의 머리통에 던지고는 밖으로 나갔다.

마르지오와 마메는 얼굴이 새하얗게 질린 채로 지켜보던 중이었다. 무엇을 해야 할지 정신이 돌아올 때쯤 코마르가 사라졌다. 마메는 어머니를 부축해서 침대에 눕혔다. 마메는 언제나 조용한 아이였다. 잘 울지도 않던 그 아이가 만신창이가 된 어머니를 보고 울기 시작했다. 어머니에게 부채질을 해주고 명을 어루만지고 무엇이 필요한지 물었다. 이마에 찬 수건이라도 올릴까요, 물으면서도 눈물을 줄줄 흘렸다. 누라에니는 그저 고개를 저으며 딸의 손을 꼭 쥐었다.

그날에야 마르지오는 배 속의 아이가 아버지의 아이가 아닌 것을 알았다. 코마르의 이글거리는 분노가 진실을 알려주었고 잠시나마 소년은 누구 편을 들어야 할지 생각했다. 어머니가 다른 남자의 아이를 가질 줄은 꿈에도 몰랐다. 상대 남자가 누구인지 도무지 짐작조차 할 수 없었다.

소년은 본능적으로 수치스러워졌다. 토하고 싶어져서 비틀거리며 집을 나가 방범초소로 갔다. 그리고 대체 무슨 일이 벌어진 것인지 곰곰이 생각해보았다. 아무리 이리저리 머리를 굴려봐도 이 냉혹한 진실에서 벗어날 길이 없었다. 친구들이 왜 그리 얼굴이 안 좋아 보이냐고 물었지만 누구에게도 털어놓을 수 있는 문제가 아니었다. 누구에게라도 털어놓는 순간 세상 사람들 모두가 어머니가 다른 남자의 아이를 가진 것을 알게 될 것이다. 한편으로 그는 부모가 둘 다 그냥 불에 타죽어버렸으면 좋겠다고 생각했다. 그들은 자신과 마메를 죽을 때까지 괴롭히려고 작정한 것이 분명했다. 그러나 그동안 어떤 세월을 견뎠는가 생각하면 어머니를 탓할 수 없었고, 철저하게 배신당한 아버지를 저주할 수만도 없었다.

코마르 빈 슈엡으로서는 아내가 다른 남자의 애를 뱄다는 사실이 온 동네에 알려지는 것만큼 끔찍한 일은 없었다. 그제야 그는 제가 그동안 식구들을 얼마나 괴롭혀왔는지 생각했다. 이발소에서는 말 한마디 하지 않았지만 도무지 일에 집중

할 수 없었다. 하마터면 손님의 귀를 자를 뻔하기도 하고 머리칼을 엉망으로 파먹기도 했다. 지난 세월을 돌아보며 어디서부터 잘못된 것인지 따져보려는 그의 눈에는 자기연민의 눈물이 글썽했다.

시간표대로 가는 기차처럼 세월이 청산유수같이 흘러갔다는 생각이 들었다. 그는 이 마을 저 마을을 떠돌아다니며 공장의 일자리를 찾아다녔던, 힘들었던 젊은 시절을 돌이켜보았다. 한곳에 몇 달씩 머무르며 구두 가죽을 자르고 밀가루 부대를 날랐다. 몇 년을 그렇게 살다보니 모은 돈은 한 푼도 없는데 몸은 골병이 들었다. 그래서 이발사 노릇으로는 돈은 많이 벌지 못할 테지만 이발 도구를 챙겨들고 나무 그늘을 찾아 손님을 기다렸다. 슈엡 노인이 결혼하러 오라고 부를 즈음 가진 돈으로는 6그램짜리 금반지밖에 살 수 없었다. 그런 반지를 가지고 그렇게 유세를 부릴 일은 결코 아니었다.

결혼하던 날, 그는 신부가 아무런 기대도 없는 것을 알았다. 누라에니가 그렇게 기다렸는데도 편지 한 통 쓴 일이 없고 그에 대해 사과한 적도 없었다. 향내 나는 분홍색 편지지에 바보 같은 소리를 적어 보내기 싫었던 것은 아니지만 그는 정말이지 뭐라고 써야 할지 몰랐다. 그의 삶이란 나무 그늘 아래서 이발할 손님을 기다리며 그들의 볼썽사나운 머리를 걱정하는 것이 다였다. 그런 삶에 재미란 것이 있을 리 없었다. 어쨌거나 그 여자는 내 것이다, 그는 생각했다. 결혼하면 그 여자는 내 것이고 나를 위해 있는 것이다. 내가 원할 때 받아주지 않는다면 나는 화를 낼 권리가 있다.

코마르는 이발소 의자에 앉아 옷깃으로 눈을 비볐다. 닭국수 노점에서 누가 훌쩍이는 자신을 보기라도 할까 걱정됐다. 그는 다시 한 번 속절없이 가버린 세월을 한탄하다 제 손을 들여다보았다. 아내와 자식들을 수백 번도 더 때린 그 손을 보며 다시 눈에 물기가 어렸다. 모두 제 잘못이었다. 인생을 이렇게 만든 것은 다른 누구도 아닌 제 자신이었다. 그러나 언제나 뿌루퉁한 아내와 악마 새끼 같은 자식이 있는 집을 생각해보면 다른 누구라 하더라도 자기보다 더 잘할 수 있었겠냐는 생각이 들었다. 남편과 아비의 삶이 얼마나 딱한 것인지 안다면 처자식은 나를 도와야 할 것이다. 그러지 못하겠다면 내가 부린 패악질을 받아들이고 용서해야 할 것이다.

지나가던 남자가 어린 아들의 머리를 잘라달라고 했다. 코마르는 시뻘개진 눈을 감추려 잠시 고개를 돌렸다. 아이를 이발 의자에 앉히고 이발 준비를 하면서 그는 새로 알게 된 진실을 받아들이려 애써보았다. 누라에니가 다른 남자의 아이를 낳게 된다.

잠시나마 그는 운명을 받아들이고 제 기구한 팔자 앞에 무릎 꿇기로 했다. 그러나 집에 가서 아내의 부른 배를 보면 바로 정신이 나가버렸다. 분이 치솟아 아내를 때려눕히고 창녀라고 욕했다. 바가지로 치고 먼지떨이로 매질을 했다. 아내가 집구석에 쓰러져 무릎을 꿇고 항복하는 모습을 봐야만 기분이 나아졌다. 그러고 나면 제 방으로 들어가 드러누웠다. 밤이 오고 어둠에 휩싸이면 그는 혼자 소리 없이 울었다. 천사가 내려와 자신을 가련하게 여겨 이 모든 불행을 거둬가주기를 기도 했다.

배 속의 아이는 산모에게 가해지는 거듭되는 폭력에도 불구하고 살아남았다. 아이는 벌써 바깥세상에 자신의 존재를 못마땅해하는 양아버지가 있는 것를 알아챘을지 모른다. 누라에니는 매질을 견디다 못해 아예 자리보전을 하고 누웠고 그 곁을 마메가 지켰다. 멍든 자리마다 찜질을 하고 죽을 끓여와 입안에 흘려 넣었다. 누라에니는 끙끙 앓으면서도 여느 때보다 행복해 보여 마메와 마르지오는 가슴이 찡했다. 여간해서는 웃지 않던 어머니가 이제는 자식들과 기쁨을 나누곤 했다. 그는 자식들에게 이렇게 말하기도 했다.

"이 애가 태어난다면 코마르 빈 슈엡을 잡으러 오는 거다."

마메는 그 말에 훌쩍거리기만 했고 마르지오는 정말이지 아비를 죽여버려야겠다고 마음먹었다.

누라에니의 배가 눈에 띄게 불러오자 마르지오는 어머니가 집안일에 일체 손을 대지 못하게 했다. 안와르 사닷의 집에 가지도 집에서 일을 하지도 못하게 했다. 아버지가 아닌 다른 남자 앞에서 어머니가 벌거벗었다는 사실은 여전히 수치스러웠지만, 임신한 후 어머니가 행복해하는 모습을 보면 마음이 녹아내렸다. 마르지오는 집안일을 하고 밥을 했다. 이즈음에 남매는 둘 다 고등학교를 마쳤다. 마르지오는 친구들과 어울리는 일도 마다하고 집에 붙어 있으면서 아버지가 어머니에게 손대지 못하게 지켰다. 코마르는 그즈음 제 운명을 받아들이기로 하고 잠잠해졌다. 빌어먹을 애를 배 속에 품은 아내를 봐도 별 신경 쓰지 않고 방 안에 틀어박혀 대부분의 시간을 보냈다. 얼마 지나서는 집에 일찍 돌아왔다가 금방 나가버렸다. 어디로 가는지는 알 수 없었다. 이발소에 다시 나가는지 아니면 이발소는 접어두고 어디 가서 숨는지도 알 수 없었다. 어쨌거나 식구들은 모두 그가 무엇을 하든 신경 쓰지 않았다. 코마르가 눈에 보이지 않는 것만으로 행복했으니 영원히 사라져주기를 바랄 뿐이었다. 아내를 다른 남자에게 내준 남자는 집에 얼굴을 들이밀지 않는 편이 나았다.

누라에니가 오지 않자 걱정된 카시아가 집까지 찾아왔다. 임신한 것을 알고는 그는 자주 찾아와 산모의 상태를 점검했다. 몸의 멍 자국을 보고 걱정해주고 임산부에게 좋다는 바나나와 우유를 가져다주었다. 누라에니는 그 친절에 몸 둘 바를 몰랐다. 카시아가 배 속의 아이가 남편의 부정으로 생긴 아이임을 알 리 없었으나 누라에니는 가시방석에 앉은 심정이었다. 그래도 카시아가 아이가 건강하다고 말해주고 가면 힘이 났다. 그러나 카시아를 생각하면 마음이 심란하고 서글퍼졌다.

임신 7개월이 되던 날 마메는 어머니를 꽃잎 띄운 물에 목욕시켰다. 어머니가 화를 낼까 두려워 꽃덤불은 건드리지 않고, 마르지오에게 시장 꽃장수 노파에게서 꽃을 사다달라고 부탁했다. 온 집 안에 꽃향기와 아로마 향내가 진동했다.

한편 마르지오는 아락술에 취해 방범초소에서 아궁 유다 곁에 누워 중얼거렸다. "엄마가 임신했어. 이제 집구석에 방치된 자식이 하나 더 생기는 거지." 그러다 잠이 들었는데 그날의 방범 담당인 이웃 자파르가 와서 그를 깨웠다. "네 어머니가 몸을 풀려나보다." 밤공기가 찬데도 마르지오는 덮을 것 한

장 없이 돗자리 위에 큰대자로 뻗어 있었다. 바다에서 불어오는 바람이 카카오 플랜테이션을 거세게 뒤흔들고 있었다. 아직 술이 덜 깬 어지러운 마르지오는 자파르가 한 말이 무슨 뜻인지 몰라 잠시 어리둥절했다. 자파르가 다시 와서 빨리 안와르 사닷의 집으로 가 카시아를 불러오라고 했다.

마르지오는 아무 대꾸도 없이 일어섰다. 모스크 근처 샛길을 통해 금세 안와르 사닷의 집 앞에 가서 정신을 차리려고 해보았다. 테라스의 전등이 켜져 있고 벽 틈과 커튼 사이로 불빛이 새어나왔다. 서늘한 밤이었고 식구들은 모두 잠들어 있을 게 분명했다. 그러나 어머니의 해산을 도울 사람이 필요했다. 그는 문 앞으로 가서 문을 두들겼다. 아무 반응도 없었다. 다시 더 요란하게 문을 두들겼다.

안에서 누가 일어나는 소리가 들리자, 예의 바른 청년은 문을 두드리는 것을 멈추었다. 제일 앞방 문이 열리더니 응접실로 불빛이 쏟아져 들어왔다. 커튼이 열리더니 라일라가 창가에 나타났다. 똑바로 쳐다보기 힘들 만큼 아슬아슬한 잠옷 차림이었다. 그는 마르지오를 알아보고 문을 열었다. "무슨 일이야? 취해가지고 문을 두들겨대고?"

"그게 아니라 우리 엄마가 아이를 낳으려고 해요."

라일라는 잠시 멍하니 서서 이 아이가 무슨 소리를 하는지 영문을 몰라 했다. 잠시 후 카시아를 깨우러 들어갔다. 마르지오는 테라스에 서서 손바닥에 입김을 불며 술 냄새가 가시게 하려고 애를 썼다.

카시아가 헝겊 뭉치와 해산 도구를 들고 나타나자 마르지오가 받아 들었다. 카시아는 말없이 앞장섰다. 나이답지 않게 빠른 걸음이었다. 그 동네에서 태어난 아이들은 대개 그가 받았다. 마르지오와 마메를 제일 먼저 받아 안은 사람도 그였다.

마메와 자파르의 처가 진통하는 누라에니 곁에 서 있었다. 코마르는 늘 그렇듯 집에 없었다. 그는 피곤해 죽을 지경이거나 배가 고파야만 집에 들어왔다. 아비가 집에 없는 것을 알고 마르지오는 욕지거리를 내뱉었다. 그 소리를 듣고 카시아가 꾸짖었다. 태어날 아기에게 좋을 게 없단다, 그가 덧붙였다. 마르지오는 거실의 나무 의자로 물러가고, 마메와 자파르의 처는 카시아를 도우려고 방 안에 남았다.

마메가 산모를 꽃잎으로 목욕시킨 지 겨우 사흘밖에 지나지 않았다. 조산이었다. 어린것이 살아 있는 것은 분명하지만 아직은 배 속에 더 있는 편이 훨씬 나을 터였다. 마르지오는 제 자식이 태어나기라도 하는 것처럼 초조했다. 주머니에서 클로브 담배를 찾아 줄담배를 피워대며, 산모를 북돋우는 카시아의 목소리와 아이를 세상으로 내보내며 진통을 견디는 누라에니의 신음 소리를 듣고 있었다.

새벽 3시쯤이었다. 마르지오가 더 참지 못하고 시계를 보는데 아기 울음소리가 들렸다. 코마르 빈 슈엡과 닮은 구석이라고는 없겠지, 마르지오는 손을 떨며 담배꽁초를 재떨이에 던져넣었다. 두려우면서도 아기의 모습을 확인하고 싶었다. 여전히 계집애일 것이 분명하다고 생각했다. 마메와 자파르의 처는 문가에서 꼼짝도 하지 않았다. 아직 들어가볼 때가 아니었다. 아기 울음소리가 어둠을 갈랐지만 카시아가 부르지 않았던 것이다. 잠시 후 자파르의 처가 피에 젖은 옷가지와 이불보를 욕실로 가져가고, 마메가 다른 해산 도구를 가지고 나왔다. 비린내가 확 퍼졌다.

카시아가 나오더니 고무장갑을 벗어 비닐봉지에 넣어 마메에게 주며 버리라고 했다. 마르지오에게는 마메가 가지고 나온 뭉치를 가져다 버리라고 했다. 마르지오는 일어나 그 말에 따르면서 문 사이로 방 안을 힐끔 들여다보았다.

어머니는 이제 울음을 그친 아기를 꼭 끌어안고 젖을 먹이고 있었다. 이웃집에서 끌어온 뒤엉킨 전선 끝에 달린 희미한 전등 아래, 너무나 아름다운 광경이었다. 누라에니는 아기의 보드라운 머리칼을 쓰다듬으며 그 얼굴을 들여다보았다.

"코마르 영감, 한번 보라지. 엄마가 저렇게 행복해하는 얼굴을 본 적 있는지." 마르지오가 혼자 중얼댔다.

다섯

찐 땅콩을 파는 노점의 희미한 불빛 아래, 그는 중국 도자기에 그려진 여자처럼 아름다웠다. 풀어 내린 풍성하고 빛나는 머리칼이 실바람에도 흩날렸고 움직일 때마다 출렁거렸다. 키 160센티미터에 호리호리한 몸매, 천상 여자였다. 입을 열면 쏟아져나오는 경쾌하고 발랄한 말들이 그를 더욱 빛나게 만들었다. 그의 이름은 마하라니, 여왕 중의 여왕. 너무 잘 어울리는 이름이었다. 옆에 있던 사내의 손을 꼭 쥐자 그 사내 마르지오는 몸을 부르르 떨었다. 돼지 사냥에서는 펄펄 날아다니던 몰이꾼 청년이 금세 수줍은 소년이 돼버렸다.

운동장 한가운데 설치된 스크린 주변으로 사람들이 잔뜩 모여 있었다. 조금 떨어진 곳에는 자무 회사 트럭이 서 있고 한 사내가 마이크에 대고 상품을 소개하는 동안 사람들은 영화가 시작하기를 기다렸다. 정력에 좋은 자무, 여성의 성기를 조여주는 자무, 다이어트에 좋은 자무, 식욕을 증진시켜주는 자무, 감기에 좋은 자무, 만성 피로에 좋은 자무를 사러 트럭으로 사람들이 몰려들었다. 상품으로 우산부터 선풍기, 벽시계, 18인치 텔레비전 세트까지 걸려 있었던 탓이다.

마르지오는 친구들과 땅콩 노점 뒤에 서 있었다. 몇 달을 대학에서 보내고 난 후 마하라니는 진짜 대학생이 됐지만 그곳에서 마르지오보다 마음에 드는 남자를 찾지는 못한 모양이었다. 언제나 마르지오에게 돌아왔다. 오늘 마하라니는 차가운 밤공기를 막아줄 노란 스웨터와 청바지에 슬리퍼 차림이었다. 여전히 마르지오의 손을 꼭 쥐고는 수줍게 끌어당기더니 거기다 살포시 입을 맞추었다.

이렇게 손을 잡은 것은 처음이었다. 마르지오는 이 소녀의 대담함에 놀라기도 하고 혼란스러워 어찌할 바를 몰랐다. 그토록 찬양하는 아름다운 얼굴을 쳐다보지도 못하고 스크린에 비치는 사람들의 그림자만 쳐다보았다. 그쪽으로 도망가고 싶었지만 마하라니는 손을 놓아주지 않았다. 목덜미에서 땀이 났다. 오래전에 친구들과 어울려 유곽에 간 적이 있었다. 제 차례가 와서 들어가보니 중년의 작부가 누워 있었다. 마르지오는 흥분하기보다는 겁에 질려 몸을 덜덜 떨었다. 그런데 지금은 그때와는 비교도 안 되게 겁이 났다. 그때는 닳고 닳은 작부가 기술을 발휘해 그를 구해주었지만 지금은 누구에게도 도움을 청할 수 없었다. 마하라니가 제발 이 어색한 상황에서 자신을 놓아주기를 바랐다. 그 애가 손을 더 꼭 잡자 마르지오는 돌아서서 마하라니의 눈을 똑바로 보았다. 갸름한 코와 초승달 같은 눈썹, 약간 벌어진 입술이 한눈에 들어왔다.

"내가 너 사랑하는 거 알지?" 마하라니가 물었다.

그가 안와르 사닷의 딸도 라일라와 마에사 데위의 동생도 아니라면 마르지오는 그 말을 듣고 더 놀랐을지도 모른다. 소년은 허둥대며 고개를 끄덕였다. 소녀가 마음을 다치지 않게 손을 꼭 잡아주었다. 덕분에 마하라니는 마음이 좀 풀렸고 마르지오는 다시 텅 빈 스크린에 비치는 그림자를 텅 빈 눈으로 바라보았다.

두 사람은 벌써 몇 년째 친하게 지내왔지만 이렇게 가까웠던 적은 없었다. 비오는 밤 함께 우산을 쓰고 야식을 사러 갔던 그날도 아직 어린애였지만 마르지오는 그저 어색하기만 했다. 이 애는 순결한 아름다움 같은 거야, 그는 혼자 생각했다. 가족들과 소파에 앉아 텔레비전을 보는, 폭력을 모르는, 안락한 가정의 온기에 둘러싸인 그런 소녀였다. 반면 자신은 테라스에서 야자수 줄기로 만든 엉성한 의자에 앉아 유리창으로 그 텔레비전을 훔쳐보는, 어느 누구 보호해줄 이 하나 없는 그런 처지였다. 둘 사이에는 벽이 있었다. 그 벽은 투명하지만 분명히 존재해서 양쪽에 선 두 사람이 서로 쳐다보고 얘기를 할 수 있다 해도 치울 수는 없었다. 그날 밤 한 우산 아래서 그 애와 걸으면서 어깨라도 닿을라 치면 큰 죄라도 짓는 것처럼 느껴졌다. 그리고 그 후로 그토록 많은 시간이 지나고도 그는 마하라니와 있을 때마다 어렵고 불편한 마음이었다.

그런데도 마르지오는 사내로서 마하라니를 좋아했다. 그 애는 세상 사람 누구라도 인정할 수밖에 없을 만큼 있는 그대로 예뻤고, 언제나 마르지오와 더 가까워지려고 애썼다. 마르지오는 언제부터 그 어여쁜 얼굴이 제 마음을 사로잡았는지 기억하지 못했다. 그러나 둘 사이에 놓인 벽을 생각하면 더 비참해져갔다. 그에게 그렇게 갑자기 나타난 사랑은 현실처럼 보이는 눈부신 환상 같은 것이었다. 마하라니도 언제부터 마르지오를 좋아했는지 기억하지 못했다. 그동안 둘은 정말 서로가 서로에게 운명의 상대인지 확인하려고 애써왔다.

비 내리던 그날 밤 둘은 그저 이제 막 친해지려는 아이에 불과했다. 그날에야 둘은 같은 나이에 같은 학교에 다니는 것을 알게 됐다. 저 건너편 네덜란드 식민지 시절부터 있던 건물이 학교 건물이었다. 그날부터 마르지오는 아침이면 마하라니를 집으로 데리러 갔고 마하라니는 그를 기다렸다. 둘은 교복을 입고 운동장을 가로질러 수다를 떨며 등교했다. 어쩌면 그럴 때마다 사랑의 신과 여신들이 두 아이 위를 날며 사랑의 붉은 실로 둘을 감아주었는지 모른다. 이 실타래는 금방 끊어질 수도 있지만 마르지오와 마하라니는 그 실을 점점 튼튼하게 만들며 둘이 함께할 날을 꿈꾸었다. 수업이 끝나면 마하라니는 교문에서 마르지오를 기다렸다가 등교할 때처럼 운동장을 가로질러 같이 집에 갔다.

실타래는 느슨해졌다가도 팽팽해지면서 둘을 엮어주었다. 마르지오는 안와르 사닷의 집에 자주 갔다. 안와르 사닷은 힘쓸 일이 있으면 마르지오를 아들처럼 찾았다. 아이의 행동거지가 흠잡을 데 없어 진심으로 마르지오를 아꼈다. 막내가 마르지오를 좋아하는 것을 알았지만 위의 두 딸이 벌인 난리법

석을 생각하면 신경 쓸 일도 아니었다.

저녁에 마하라니와 마르지오가 나란히 소파에 앉아 텔레비전을 보는 모습을 보고 있자면 누구든 두 아이가 천생연분이라고 여길 만했다. 그런 행동이 허용되는 안와르 사닷의 집이 마르지오는 점점 더 좋아졌다. 마하라니와 텔레비전을 보며 과자를 집어먹고 있으면 행복했다. 하지만 마음속 깊은 곳에 자리 잡은 어색함은 사라지지 않았다. 그는 이런 행복과 친밀함은 오래가는 것이 아니라고 끝없이 자신에게 되뇌었다. 마하라니는 다른 남자를 만나 사랑에 빠지고 마르지오라는 사내를 곧 잊을 것이다. 그는 마하라니라는 이름이 그저 아름다운 기억으로만 남을 날을 늘 준비하고 또 준비했다.

안와르 사닷이 막내를 동쪽 지방의 대학에 보내자 마르지오는 이제야 정말 자유가 왔다고 생각했다. 그 애가 대학에서 다른 남자를 만나 자기를 외면하는 쪽이 그 애를 가질 수 있을지도 모른다고 번민하는 쪽보다 나았다. 대학에는 사내애들로 넘쳐날 것이고 다들 똑똑할 것이다. 그런 그들이 마하라니처럼 예쁜 여자를 못 알아볼 리 없었다. 마하라니를 놓고 저희들끼리 경쟁을 벌일 테고 누군가가 승리를 거두겠지. 그는 마하라니가 떠나는 광경을 지켜보며 이런 상상을 했다. 집 앞 종려나무 옆에서 작은 승합차가 기다리고 있었다. 마르지오가 큰 가방을 트렁크에 싣는 사이 마하라니는 어머니와 라일라, 마에사 데위의 손에 입을 맞췄다. 그리고 대뜸 마르지오에게도 손을 달라고 했다. 마하라니가 그 손에 입을 맞추자 명치께가 아파왔다. 하지만 그 정도는 아무것도 아니었다. 마하라니가 그의 팔을 꼭 잡은, 자무 회사의 영화 상영이 있던 그날 밤에 비하면 말이다.

마하라니가 떠나고 나서도 마르지오는 자유의 몸이 아니었다. 연휴나 방학이면 어김없이 집으로 돌아와 마르지오를 찾았다. 둘을 감싼 실타래는 느슨해지기는커녕 더 탄탄해졌다. 둘이 만나면 마하라니는 학교에서 있었던 일을 모두 얘기해주었고 마르지오는 자기 일처럼 열심히 들어주었다. 모두들 둘이 사귀는 줄 알았지만 둘은 나란히 걸으면서도 손을 잡지 않았다. 사드라 소령의 처는 곧잘 이렇게 말했다. "저 애는 마르지오한테 미쳐 있다니깐."

이제 자무 회사의 영화 상영장으로 돌아가보도록 하자. 마하라니는 마르지오에게 온몸으로 사랑한다고 말하고 또 확인받고 싶어 안달이었다. 마르지오는 여전히 마음속에 불편하고 어색한 앙금 같은 것이 있었지만 그래도 마하라니가 제 것인 것만은 분명했다. 하지만 마하라니는 제가 감히 손대서는 안 될 아름다움이었다.

둘은 땅콩 노점에서 벗어나 나지막한 언덕 쪽으로 갔다. 축구 경기가 있으면 관중들이 앉는 풀밭 같은 그 둔덕은 큰 나무 아래 있어 짙은 그림자가 드리웠다. 둘은 나란히 딱 붙어 앉았다. 마르지오는 마하라니의 살내음을 맡을 수 있었다. 바람이라도 불면 그 애의 머리칼이 마르지오의 뺨을 스쳐갔다. 아직도 마하라니의 고백이 믿겨지지 않았다. 어둠 속에서도 빛나는 동그스름한 얼굴이 제 것이 될지도 모른다는 사실이 꿈만 같았다.

마하라니는 마르지오의 손을 잡아 들어올리더니 제 몸 쪽으로 끌고 왔다. 이제 마르지오는 엉거주춤하게 마하라니를 안고, 꼭 끌어안아야 할지 말아야 할지, 허리의 맨살에 닿은 제 손목을 옷 위로 끌어올려야 할지 말아야 할지 주저했다. 마하라니는 고개를 숙이고 제 팔을 마르지오에게 둘러 더 찰싹 다가왔다. 이제 둘의 숨결은 하나가 됐다. 이런 것이 서로에게 속한다는 것이겠지, 둘은 거의 동시에 같은 생각을 했다. 사랑의 신들이 바로 위에 있었다.

아래쪽 운동장에서는 소동이 벌어졌다. 사람들이 소리를 질러댔다. 밤은 깊어가고 모인 사람들은 지루해졌다. 경품 당첨자가 나와야 할 시간이었다.

영화는 대담한 키스 장면으로 유명한 고전, 〈푸른 캠퍼스의 내 사랑〉이었다.

마르지오와 마하라니는 영화에는 별 관심이 없었다. 스크린이 너무 멀고 사람들이 질러대는 고함에 소리가 잘 들리지 않아서만은 아니었다. 서로에게 기대어 체온을 나누자 변하는 몸이 보내는 신호를 해석하느라 여념이 없었다. 대기가 무겁게 내려앉았다. 큰비가 내릴 것 같았다. 마르지오는 마하라니와 제 몸 속에 피가 달아오르는 것을 느낄 수 있었다.

마하라니는 몸을 조금 틀더니 마르지오의 턱을, 면도를 했지만 짧은 털이 나기 시작한 턱을 올려다보았다. 그는 마르지오의 얼굴에 뭐라도 있는 것처럼 지그시 쳐다보았다. 마르지오는 숨도 못 쉴 지경이었지만 지금이야말로 남자답게 굴 때임을 직감했다. 마하라니의 눈을 마주 보며 얼굴을 가까이 가

져갔다. 이제 같은 공기를 마시며 서로의 숨결을 느끼며 심장
은 하나가 되었다. 짙은 나무 그림자 아래 소녀의 눈동자는 거
리의 불빛과 반쯤 구름에 가린 달빛을 반사하며 소년을 바라
보았다. 소년은 소녀가 무엇을 원하는지 알았지만 무엇을 해
야 할지 몰랐다.

소녀는 마르지오가 바보라고 생각했다. 마하라니가 달려들
자 마르지오는 거의 숨이 막힐 지경이었지만 자존심을 지키려
아무 말 없이 소녀의 입술이 제 입술에 닿기를 기다렸다. 둘은
어떻게 해야 할지 몰라서 그저 입술을 꼭 붙인 채로 온기를 나
누며 상대의 보드라운 혀를 느끼고 있었다.

그러다 운동장 쪽에서 누가 본다고 여겼던지 둘은 화들짝
떨어졌다. 아무도 보는 사람은 없었다. 둘은 서로를 바라보았
다. 소녀의 눈은 빛났지만 소년은 슬픈 표정이었다. "네가 모르
는 게 있어." 비통하게 말했지만 너무 소리가 작아서 잘 들리
지 않았다. 이렇게 더 가까워지니 오히려 더 묵직한 통증이 밀
려왔다. 가슴속에 담긴 고통을 털어놓을 수가 없었다. 마하라
니는 불편한 심정이 됐다. 마르지오는 몸을 뗐고 마하라니는
이제 어깨를 기대지 않고 고쳐 앉았다. 마르지오는 점점 더 괴
로워졌지만, 제가 숭배하는 이 소녀를 잃고 싶지 않았다. 마하
라니는 어리둥절한 표정이었다.

"너 나를 안 좋아하니?"

그 질문은 폐부를 찔렀다. 물론 마하라니를 좋아했다. 하늘
과 땅보다 더 마하라니를 숭배했다. 마하라니를 원하지만 그
럴 자격이 없다는 생각 때문에 꼼짝할 수 없었다.

"나는 겁이 나." 그가 속삭였다.

그 말에 마르지오는 잠시 자유의 몸이 되었다. 마하라니가 그 말을 납득하는 것 같았다. 나는 겁이나, 그런 불안함은 애정이 담긴 것이니까. 어쨌거나 두 사람은 다 두렵고 떨렸으니까. 둘은 이제 함께 눈앞에 놓인 장애물들을 헤쳐나가야 하니까. 그렇게 둘이 앉아 있는데 마하라니가 다시 마르지오에게 안겼고, 소년은 다시 불편한 심정이 되었다. 무섭다고 거짓말을 한 셈이었다. 문제는 사실 전혀 다른 것이었다. 그 때문에 그는 이 뜨거운 사랑을 받아들일 수 없었다. 그는 마하라니에게 사실대로 말하지 못하는 자신을 저주하고 또 저주했다.

마하라니는 마르지오가 돌아온 다음날 집에 왔다. 코마르빈 슈엡이 죽었다는 소식을 들은 모양이었다. 그 애는 학교가 방학이라고 했다. 마르지오는 그 말을 믿었다. 방학이건 아니건 마하라니는 그를 위로하고 슬픔을 나누려고 온 것이었다. 물론 마하라니는 마르지오가 하나도 슬프지 않다는 사실을 몰랐다.

마하라니는 매일같이 마르지오네 집에 왔다. 같이 밥을 먹기도 했는데 그럴 때면 마르지오가 안와르 사닷의 집에서 자주 밥을 먹던 옛날 생각이 났다. 둘은 더 가까워졌고 오랫동안 키워온 애정이 굳건하다는 것을 확인했다. 하루는 여전히 상황을 잘 모르는 마하라니가 코마르의 무덤에 데려다달라고 하기도 했다. 마르지오는 일언지하에 거절했다. 마하라니는 그제야 코마르가 얼마나 고약한 인사인지 남들이 해주던 얘기를 기억했다. 그 자신도 어릴 때 코마르가 어린 마르지오를 빨래

말리는 작대기로 패는 모습을 본 적이 있었다. 그때서야 마르지오 안에 있는 기나긴 고통의 시간을 눈치챘다. 그는 제 사랑으로 마르지오를 보듬어주고 싶었다.

마르지오는 마리안이 죽고 얼마 지나지 않아 아비를 죽이지 않으려고 집을 나갔다. 마메에게 자기 안에 호랑이가 있지만 아직 그 짐승을 다루는 법을 모른다고 털어놓았다. 그는 서커스단을 따라서 차로 한 시간쯤 떨어진 도시에 이르렀다. 서커스단 지배인에게 말과 코끼리에게 먹이주기 같은 일을 시켜달라고 했다. 지배인은 소년의 굳은 눈빛을 한 번 보더니 그렇게 하라고 했고, 소년은 성실하게 여러 굳은 일을 해냈다. 마르지오의 진짜 속셈은 몇 주 정도 이 사람들과 안면을 트면서 서커스단 조련사가 어떻게 호랑이를 훈련시키는지 봐두려는 것이었다. 그러나 이 도시에서 공연은 금세 끝났고 서커스단은 멀리 동쪽 고장으로 떠나게 되면서 그마저 여의치 않게 됐다. 그리고 서커스단 호랑이는 마르지오의 호랑이와는 완전히 다른 종류였다.

2주일 분의 품삯을 받고 서커스단과 헤어졌다. 그는 집에서 소식이 들릴 때까지 그곳에 머물기로 했다. 고향에는 아버지의 기억이 너무 많았지만 고향을 등질 수는 없었다. 어머니와 마메가 보고 싶었고 가끔은 마하라니의 어여쁜 얼굴이 아른거리기도 했다. 친구들, 아구스 소프얀의 술집, 모스크, 방범초소도 떠올랐다. 그 모두를 버리고 떠날 수는 없었다. 그래서 계속 그곳에 머물면서 버스 기사와 조수들에게 자신의 행방을 알리지 말고 고향에서 오는 소식만 알려달라고 부탁했다.

어느 날 저녁, 버스 기사가 그의 아비가 죽어 썩어가고 있다고 일러주었다.

마르지오는 바로 그 버스에 올라탔다. 창문을 열고 바닷바람이 판단 수풀을 가로질러 제 뺨을 치게 내버려두었다. 발밑에 썩어가는 아비의 시체가 있는 것만 같아 심란해졌다. 한편으로는 제 손으로 아비의 목을 베지 않았는데도 그가 죽었다는 사실이 세상에 다시없을 기적처럼 느껴졌다.

버스에서 내리자마자 돼지 사냥꾼들을 실은 트럭이 도착한 것을 보았다. 신나는 사냥을 놓쳤다고 생각하니 맥박이 빨라졌다. 고삐에 매인 들개 여남은 마리가 트럭에서 내렸다. 누군가가 개들을 군사령부 바로 옆에 있는 사드라 소령의 집으로 끌고 들어갔다. 청년 넷이 눈이 텅 빈 살찐 돼지 두 마리를 대나무 장대에 묶어 갔다. 돼지 싸움이 열리면 개들은 신나겠구나, 마르지오는 생각했다. 돼지의 숨이 끊어지면 돼지 고기를 먹는 자들은 바닷가 중국 식당에서 잔치를 벌였다. 어디선가 친숙한 흙냄새가 났다. 마르지오는 사드라 소령의 눈치를 보며 그저 손만 흔들었다. 코마르 빈 슈엡을 아직 묻지도 않았는데 이렇게 남들과 어울린다니 남의 말이 나오고도 남을 일이었다.

코마르 빈 슈엡을 마리안의 곁에 묻기로 했다는 말에 마르지오는 기겁했다. 마메 말로는 어쨌거나 그것이 아버지의 유언이었다고 했다. 누이가 심각하게 말하는 것을 보고 마르지오는 될 대로 되라지 하는 심정이 되었다. 마리안은 노인네가 어디 묻히건 복수를 할 테고 코마르는 지옥에서 매일, 영원히

고통받을 것이다. 마르지오는 시체가 안치된 모스크로 가서 망자를 위한 기도에 동참했다. 키야이 자로가 얼굴을 보겠냐고 묻자 그는 두말없이 고개를 저었다. 죽은 아비가 깨어날까 두려웠다.

관을 내가기 전 마메가 꽃잎이 든 바구니를 건네주었지만, 마르지오는 이 썩어가는 짐승에게 이 아름다운 꽃이 무슨 소용인가 싶었다. 그러나 다시 한 번 마메의 애원하는 눈을 보자 차마 꽃을 도랑에 던지지 못하고 관 위에 뿌렸다. 마르지오는 이 순간 마메가 제일 제정신인 사람이라는 걸 깨달았다. 마메는 솔직하고 누구를 미워할 줄 몰랐다. 누이를 쳐다보자 함께 보낸 유년 시절의 달콤하고도 씁쓸한 기억이 몰려왔다. 남매는 아비를 지옥에 가둬두게 돼서 진심으로 기쁜 것인지도 몰랐다.

키야이 자로가 기도를 하고, 트럭에서 내린 진흙투성이 청년들이 관을 들고 장례 행렬에 동참했다. 마르지오는 뒤따라가며 꽃잎을 한 뭉치씩 관 위로 뿌렸다. 꽃잎의 아름다운 색깔과는 반대로 기분은 점점 칙칙해졌다. 사람들은 선지자를 찾는 기도를 암송하며, 메마른 카카오 플랜테이션을 가로질러 난 오솔길을 따라 부디 다르마 공동묘지로 줄지어 갔다. 늦은 오후의 햇살이 세상을 붉게 물들이기 시작했다. 마르지오의 호랑이가 몸부림쳤다. 하지만 마르지오는 조용히 속삭였다. "봐봐, 그 자식은 죽었어. 그러니까 진정해." 그는 계속해서 꽃잎을 집어 들어 허공에 뿌렸다. 꽃잎들은 던지는 사람의 마음을 아는 듯 땅으로 떨어지지 않고 허공에서 맴돌았다. 그러나 결국에는 모래 섞인 오솔길 위로 떨어졌고 곧 인간의 발에 짓밟힐 터였다.

묘지기는 손으로 만 담배를 피우면서 삽을 들고 기다리고 있었다. 마메의 말대로였다. 코마르의 묏자리는 마리안의 묘 바로 옆이었다. 마르지오는 그 아이를 묻고 그 작은 몸이 묻힌 흙 위에 묘비를 세우던 일을 떠올렸다. 이제 그 아이 곁에 다시 서서 묘지 위에 꽃을 한 줌 쥐어 뿌려주는데 갑자기 울컥하며 눈물이 주르륵 흘러내렸다.

관을 내리고 뚜껑을 여니 수의를 입은 코마르는 이발 가운을 뒤집어쓴 것 같은 모습이었다. 코란 공부를 제대로 마치지 않은 마르지오로서는 키야이 자로의 기도에서 이해할 수 없는 부분이 더 많았다. 코란 공부라고 해봐야 뜻도 모르면서 아랍어 구절을 무작정 외우는 것이 다였다. 키야이 자로가 바구니를 내려놓고 두 손을 높이 들어올리더니 수없이 아멘을 되뇌이자 다른 사람들도 따라 했다. 그가 기도를 마치자 다른 문상객들도 기도를 마무리하고 양 손바닥으로 볼을 문질렀다. 묘지기가 구덩이 안으로 들어가더니 마르지오에게 와서 도우라고 했다. 마르지오는 바지를 걷어올리고 내려가 그의 곁에 섰다. 발밑에 아비의 마지막 안식처가 될 축축한 흙이 느껴졌다.

친구 둘이 시신을 관에서 꺼내 묘지기와 마르지오에게 내려주었다. 늙고 온갖 병으로 쇠약해져 죽은 사람 치고 시체가 너무 무거워서 마르지오는 깜짝 놀랐다. 여전히 100킬로그램은 나갈 것 같았다. 위에서 시체를 내려주던 친구 둘도 그 무게에 깜짝 놀란 얼굴이었다. 이제 묘지기와 마르지오의 차례였다. 두 사람도 그 무게 때문에 잠시 비틀거리다가 시체를 구덩이에 눕혔다.

구덩이 길이가 너무 짧아서 코마르를 제대로 눕힐 수가 없었다. "이럴 수가. 분명히 길이를 재서 팠는데." 마르지오도 그가 길이에 맞춰 구덩이를 파는 것을 분명히 보았다. 그는 적어도 30센티미터는 여유 있게 구멍을 팠다. 끙끙거리며 시체를 다시 관으로 집어넣자 수의가 벗겨질 지경이 되었다. 마르지오는 구덩이 한구석에서 기다리고 묘지기는 열심히 구멍을 더 넓게 팠다. 묘지기는 사방으로 흙을 파내며 급하게 구멍을 넓혀나갔다. 날이 저물어갔다. 공동묘지는 저녁 노을에 붉게 물들었다.

다시 시체를 내리는데 이번에는 더 무거워진 느낌이었다. 모두들 이게 무슨 일인가 싶었다. 시체를 들어올리고 받은 네 사람은 마치 시체가 부풀어오른 것 같다고 느꼈다. 마르지오는 그것이 죽은 아비가 지은 죄의 무게라고 생각하고 조용히 얼굴을 찌푸렸다. 묘지기와 함께 다시 시체를 구덩이에 내렸다.

다른 문제가 생겼다. 이번에는 구덩이 폭이 너무 좁았다. 시체가 불어났거나 구덩이 폭이 저절로 좁아지기라도 했단 말인가. "빌어먹을." 묘지기가 이젠 정말로 화를 냈다. "땅이 이 사람을 받아주지 않는 거야." 마르지오는 묘지기와 시체를 힘껏 잡아당겨 도로 관에 넣었다. 구덩이를 더 널찍하게 파고 다시 시도했는데 이번에도 공간이 부족했다. 다시 구덩이 둘레를 넓혀 파보았지만 마치 대지가 코마르를 거부해서 구덩이가 저절로 닫히기라도 하는 것처럼 도무지 시체를 받아주지 않았다. 피로에 지친 묘지기의 얼굴이 초저녁의 어스름에 하얗게 질렸다. 마르지오의 얼굴은 분노를 주체하지 못해 시뻘게졌다. 다들 키야이 자로를 쳐다보았다. 그는 흙더미 곁에 서서, 망자가 묻히지 못한 채 썩는 것을 원치 않는 산 자들을 위해서라도 망자를 받아달라고 낮은 소리로 기도했다. 그가 기도를 하는 사이 바람이 세차게 불더니 나뭇잎이 우수수 떨어졌다. 키야이는 눈을 감고 계속 입으로 중얼거리다가 다시 눈을 뜨고 땅 아래 놓인 시체를 바라보았다. 그가 문상객들에게 말했다. "어떻게든 되는대로 묻읍시다."

그리하여 구멍이 짧건 좁건 상관 않고 코마르를 그 안에 끼워 넣었다. 이제 그는 웅크리고 자는 개 같은 자세가 되었다. 마르지오조차 그가 안됐다는 생각이 들었다. 그럴 만한 자니까 이렇게 된 것이라 생각하면서도 바로 눕지 못한 시체를 바라보고 있자니 더 괴로워졌다. 마르지오는 묘지기와 함께 시체가 움직이지 않도록 주변에 흙을 채워 넣었다. 이제 주변에 판자를 대어 수의가 드러나지 않게 만들었다. 그 판자는 산 자의 세계와 죽은 자의 세계를 갈라주는 강력한 장벽이었다. 이제 코마르는 그 안에 갇혔다.

모래가 많은 붉은 흙으로 구덩이를 덮고 나자 날은 거의 컴컴해졌다. 묘지기는 천천히 흙 위를 꾹꾹 밟았다. 그러나 망자가 다시 일어날지도 모른다는 것을 잘 알기에 너무 세게 밟지는 않았다. 행여 다시 이 자리를 파야 할 일이 생길지 모르니 살살 밟아두는 편이 나았다. 그는 망자의 이름을 새긴 묘비명을 세우고 그 주변에 작은 자갈돌을 둘러주었다. 이상하게도 아비가 안쓰러운 생각이 들어 마르지오는 무덤 가장자리에 캄보자 묘목 한 그루를 심고 남은 장미며 재스민꽃이며 일랑일랑꽃을 흩뿌렸다. 그렇게 코마르 빈 슈엡은 바닷바람과 귀신들 사이에 남겨졌다.

대기가 가라앉고 나서야 일행은 빈 관을 들고 급한 걸음으로 왔던 길로 돌아갔다. 마르지오는 이마에 땀을 줄줄 흘리면서도 피곤하기보다는 날아갈 것 같은 기분이었다. 혼자 중얼거리고 또 중얼거렸다. "그 짐승이 죽었으니 이제 내 마음대로 살기만 하면 돼."

집에 오니 어머니가 자신의 빰을 때렸다고 마메가 말했다. 마르지오는 코마르 빈 슈엡이 잔인함을 누라에니에게 물려주고 간 것일까 하고 생각했다. 그러나 마메가 전후 사정을 설명해주자 그는 웃음을 참지 못했다. 재혼하라는 마메의 말에는 잘못된 것이 하나 없었다. 어머니는 아직 젊었다. 몇 살이었더라. 아직 마흔도 안 됐는데 과부가 되기엔 너무 이르지 않은가, 그는 생각했다. 코마르 같은 남자만 아니라면, 절대 아내를 때리지 않겠다고 약속하는 사람이라면 누구에게든 기꺼이 어머니를 보내겠다고 생각했다. 그는 어머니가 마음의 평화를 얻을 수 있다면 무엇이든 할 것이다. 마메처럼 재혼에 대찬성이었다. 하지만 그렇다고 남편이 묻히는 바로 그날 그런 말을 꺼낸 마메의 처사는 천부당만부당했다. 제아무리 누라에니가 남편을 미워했다고 한들 마메가 입을 함부로 놀린 것이다. 마르지오는 누이에게 시간이 흐르면 어머니도 정신을 차리고 다정하던 원래 모습으로 돌아갈 것이라고 했다.

마메는 마르지오에게 아버지가 남긴 닭들을 잡아달라고 했다. 처음에 마르지오는 망설였다. 대지마저 거부한 그자를 위해 왜 재를 치러주려고 하는지 누이를 이해할 수 없었다. 알아봐야 근심만 늘까봐 묘지에서 있었던 일은 누이에게 얘기하지 않았다. 하지만 세상 누구보다 지독한 인간을 위해 젯밥을 지어주려는 누이를 돕고 싶은 마음은 들지 않았다. 마메 또한 완강했다. 인간이 해야 할 도리를 저버릴 수는 없으며 아버지가 닭이며 토끼를 남기고 가지 않았냐고 했다. 마르지오는 할 수 없이 한 마리씩 닭의 목을 치기 시작했고, 마메는 부엌에서 물을 끓였다.

마르지오는 닭을 잡으며 아버지를 괴롭히려고 닭을 훔치던 시절을 생각했다. 코마르는 닭 도둑이 누구인지 짐작했을 것이다. 하지만 마르지오는 벌써 10대 후반의 장정이었고 아버지는 아들을 함부로 대하지 못했다. 마메는 닭 도둑의 정체를 누구보다 잘 알았다.

닭을 다 잡자 마메가 뜨거운 물을 한 동이 가져왔다. 그는 뜨거운 물에 닭을 넣어 열심히 털을 뽑았고 부엌에서는 닭 삶을 물이 곤로 위에 올려졌다. 밥은 벌써 준비되었다. 다른 이들이 묘를 쓰는 동안 마메가 미리 준비를 해두었던 것이다. 누라에니가 문가로 나와 무슨 일인지 내다보았고, 바로 그때 모스크에서 마 소마가 마그립 기도를 시작했다. 누라에니의 표정은 차갑기만 했다. 마리안이 죽고 난 후 그는 집안일을 손놓았고 남편이 죽고 나자 말수가 더 줄었다. 마르지오는 고개를 돌

려 어머니를 보았다. 그가 할 수 있는 일이란, 마리안이 태어나
던 그 순간처럼 어머니가 기쁨을 느낄 수 있는 날이 다시 오기
를 온 우주에 비는 것뿐이었다.

마리안은 날 때부터 비실비실했다. 몸통은 마르지오의 장
딴지보다 가늘었고 머리통만 조금 더 컸을까. 볼은 움푹 들어
가고 턱만 툭 튀어나온 게 꼭 대벌레 같아 보였다. 늘 빨간 천
과 포대기에 꽁꽁 싸여 있어서 마르지오는 아기가 그렇게 작
은 줄 미처 몰랐다. 어느 날 아침 마메가 들통에 미지근한 물을
가져오고 누라에니가 아기를 둘러쌌던 천을 풀자 그 처참한
몸이 드러났다. 아기는 더 이상 보채지도 않고, 눈을 반쯤 감은
채 누워 있었다.

"아무래도 오래 못 살 모양이다." 누라에니가 말했다.

어미에게서는 젖이 나오지 않았다. 아기에게 처음 젖을 물
렸을 때 나온 초유가 전부였다. 카시아가 오후 늦게 병 우유를
가져다주었지만 아기는 내키지 않은 듯 한 입 빨더니 입을 다
물어버려 우유가 뺨으로 질질 흘렀다. 가쁘게 숨을 쉬고 어쩌
다 힘없이 울기도 했지만 대개는 조용했다. 아마도 별자리에
이 아이는 순종적인 소녀가 된다고 써진 모양이었다. 마르지
오는 어머니의 침대 곁 의자에 앉아 불안한 눈으로 부서질 것
같은 어린것을 바라보았다. 어린것이 과연 다음날을 맞을 수
있을지 모를 일이었다.

방 안은 아직 출산의 비린내가 빠지지 않은 축축한 공기가
가득했다. 고리버들을 댄 천장에 물방울이 송송 맺힐 정도였
다. 벽의 회칠은 벗겨지고 거미들이 끝없이 집을 지어댔다. 주

황색 전구가 희미하게 빛나는 가운데 침대 구석과 바구니에는 옷가지가 잔뜩 쌓여 있었다. 옷장 위에는 마메가 쓰던 책가방이, 침대 아래에는 마메가 안 신는 신발이 늘어서 있었다. 마르지오는 이런 방 안의 상태가 아기를 질식시키는 게 아닌가 하고 생각했다.

그는 벌떡 일어나 창문을 열어도 되겠냐고 물었다. 누라에니와 마메도 같은 생각이었는지 그러라고 했다. 신선한 공기가 방 안으로 들어오면서 약간의 온기와 나뭇잎, 꽃, 흙의 냄새를 몰고 왔다. 어린것 위로 햇살이 내리쬐자 마메는 행여 열이 날까 아기를 그늘로 옮겼다. 어린것은 온 우주가 그를 맞아주는 줄도 모르고 잠에서 깨지 않았다.

"아무래도 오래 못 살 모양이다." 누라에니가 다시 말했다. 슬픔이 이 아기가 가져다준 모든 행복했던 기억의 조각마저 쓸어가버렸다. 그는 이제 자장가를 부르지도 아기의 숱 없는 머리칼을 쓰다듬지도 않았다. 이미 아기의 운명을 아는 듯이 그저 안쓰럽게 바라보며 아기의 몸에서 영혼이 빠져나가는 것을 지켜보았다. 마르지오는 더 이상 참을 수 없는 심정이 되었다. 죽어가는 아기와 체념한 어머니의 처절한 패배를 보지 않으려고 밖으로 나갔다.

코마르 빈 슈엡은 그날도 집에 들어오지 않았다. 마르지오는 정말이지 아비의 목을 벨지도 모르겠다고 생각했다. 이발 도구가 방에 그대로 있는 것을 보면 이발소에는 가지 않은 것이 분명했다. 자전거와 그가 가장 아끼던 수탉이 사라진 것을 보면 어젯밤 버려진 기차역에서 열린 닭싸움에 간 것이 분명했다. 그가 간밤에 어디서 잤는지는 오직 신만이 아시리라.

131호 집에서 기차역은 몇 백 미터밖에 떨어지지 않은 곳에 있었다. 마르지오는 호주머니에 손을 넣고 역으로 갔다. 이웃집을 지나치면서 친구를 만나면 고개를 끄덕여주었다. 벽돌 공장을 가로지르는 지름길로 질러 곧 철로에 도착했다. 철길은 버려진 지 오래라 침목은 썩어가고 선로는 녹슨 데다 무릎께까지 오는 잡초 더미에 뒤덮였다. 근처에 사는 이들은 철길에다 매트리스나 땔감을 내다 말리기도 했다. 방수천을 깔고 추수한 낱알을 말리는 이들도 있었다. 목동들은 제 양이나 소에게 철길에 난 잡초를 먹게 했지만, 잡초가 자라는 속도는 짐승들이 먹는 속도보다 더 빨라서 늘 풀이 무성했다.

마르지오는 아직 그 철길에 기차가 다니던 시절을 기억했다. 그 동네로 이사 온 지 얼마 지나지 않아서였다. 막다른 노선이라 서쪽으로 몇 킬로미터만 더 가면 종착역이었다. 이 철길을 지나는 기차는 한 대뿐이라 충돌 걱정 없이 아무 때나 설 수 있었다. 자기 집 앞에 열차를 세워달라는 사람과 아무 데서나 손을 흔들며 태워달라는 사람이 한둘이 아니었다. 가끔 기관사는 철로 위에 널어둔 땔나무를 치우거나 철로에 앉아 쉬는 소를 다른 데로 보내기 위해 급정거를 해야 했다. 그러나 어느 날, 아무 기미도 없다 갑자기 남자를 버리는 여자처럼 아무런 공지도 설명도 없이 기차 운행이 중단됐다.

역장은 여전히 역에 있었다. 아무도 그가 퇴직했는지 아니면 유령열차라도 오기를 기다리는지 알지 못했다. 그는 무너져가는 역사 옆에 살았고 사람들은 여전히 그를 역장이라고 불렀다. 역사는 이제 뼈대만 남았다. 사람들이 자재를 하나씩 떼어가고 겨우 남은 것이라곤 오랜 세월 역을 지킨 종과 알림판뿐이었다. 매표소에는 창녀들이 돗자리를 깔고 성업 중이고 승강장에는 비둘기장과 닭장이 빼곡했다. 그렇게 기차역은 닭싸움과 비둘기 경주의 성지가 됐다. 날 좋은 날 해질녘이면 비둘기 한 무리가 이곳을 지나던 기차보다 더 빨리 나는 모습을 볼 수 있었다. 다른 쪽에서는 수탉들이 몰려다니며 서로 싸움질을 벌였다.

마르지오가 도착했을 때는 닭싸움판이 벌어지기에 너무 이른 시각이었다. 기차역에는 종이상자 쪼가리에 앉은 아이 딸린 여자 거지와 쓰레기를 뒤지는 개 한 마리뿐이었다.

아비의 행방을 물어볼 만한 사람은 아무도 없었다. 마르지오는 개찰구에 기대서서 분을 삭였다. 그 영감이 여기 아니면 어딜 가겠냐고 중얼거리며 승강장의 닭 똥과 비둘기 똥 하나하나를 들여다보며 코마르의 흔적을 쫓았다. 사람들이 철길을 가로질러 갔다. 자전거 페달을 밟으며, 아직 녹색인 바나나 다발이며 뭐가 들었는지 알 수 없는 자루들을 들고 가는 것이 시장에 가는 모양이었다. 아낙들은 장바구니를 들었다. 마르지오는 자갈을 발로 찼다. 그리고 균형을 잡으며 철로 위를 걸었다.

기차 운행이 중단되고 나서 그는 역에 나와 놀기를 그만두었다. 기관차에서 피어오르는 시커먼 연기에 매료되어 오후 내내 그것만 쳐다보곤 했다. 기차가 선로를 바꾸러 들어오면 다른 아이들과 겁도 없이 기차로 기어올라 매달리기도 했다. 때로는 멀리서 기차 오는 소리가 들리면 20센티미터가 넘는

못을 올려놓고 기차 바퀴가 못을 가차 없이 납작하게 만들게
기다렸다. 납작해진 못을 조금만 갈아주면 작은 칼이 되었다.
가끔 어른들이 보고 그러면 기차가 탈선할지도 모른다고 겁을
주었다. 마르지오는 그 말을 들은 척도 하지 않았다. 하루는 기
차가 큰 소를 들이받았는데 탈선은커녕 소를 아예 두 동강 내
놓지 않았던가.

그 시절 코마르는 도박꾼 패거리들과 함께 기차역을 주름
잡았다. 미쳐가는 아내는 잠자리를 거부하고 마당에는 꽃덤불
이 무성하던 그 시절 코마르는 기차역을 안식처로 삼았다. 거
의 매일 저녁 이발소에서 돌아와 장미 덤불에 자전거를 던져
놓고는 아끼는 수탉을 들고 나갔다. 기차가 다니던 시절부터
역을 밝히던 수은등 아래서 그는 밤늦게까지 노름판을 구경하
고, 닭을 먹이고, 온갖 약재를 탄 물로 닭을 목욕시키며 시간을
보냈다.

다른 식구들은 닭싸움에 눈곱만치도 관심이 없었지만 그
덕분에 코마르가 집에서 패악을 부리는 일이 준 탓에 아무도
불평하지 않았다. 그의 짐승 같은 본능은 이제 닭싸움에만 집
중된지라 131호 집에는 잠시나마 평화가 찾아왔다. 그러나 누
라에니가 임신한 것을 알자 그는 다시 미쳐 날뛰었다. 그는 이
제 아예 기차역에서 살다시피 했다. 누가 말해주길 코마르가
기차역에서 자는 걸 보았다고도 했다. 매표소의 창녀와 잤을
테지만 마르지오는 신경 쓰지 않았다. 코마르는 집에 없으면
없을수록 좋았다. 누라에니는 이미 남편에게 시달릴 만큼 시
달리지 않았던가.

수탉을 들고 나간 것이 분명한데 기차역에서는 코마르를 찾을 수 없었다. 누가 그를 처치했을지도 모른다. 누가 목을 베고 시체를 절단해서 돌이 든 자루에 넣어 강에 던져버렸다면 아비는 영원히 돌아오지 않을 것이다. 그런 생각을 하며 느릿느릿 철길을 따라 벽돌 공장을 지나 집으로 오려니 신이 났다.

131호 집에 도착하니 집 앞에 닭이 있었다. 닭장 위에는 바람에 날아가지 않게 위에 큰 돌이 놓여 있었다. 닭 주인은 의자에 주저앉아 클로브 담배를 피우고 있었다. 마르지오는 그 광경에 부아가 치밀어 아비에게 빈정댔다. "어디서 재미를 보다 오셨나?" 그러나 늙은이의 지치고 주름진 얼굴을 보자 다른 종류의 비애가 느껴졌다. 이제 이 늙은이는 아내가 다른 남자에게서 얻은 딸아이가 죽는 것을 보게 되지 않는가.

마르지오는 아무 말도 없이 아비를 쳐다보며 멀찍이 떨어져 앉았다. 그리고 누라에니가 죽어가는 어린것을 지켜보는 방 쪽으로 시선을 돌렸다가 다시 늙고 지친 아비를 바라보았다. 이제 온 식구가 한자리에 모였다. 모두가 서로를 향한 각자의 균열과 증오를 감추지 못했다. 좋을 것이라고는 하나 없는 순간이었다. 코마르는 감히 아들의 눈을 똑바로 보지는 못하고 힐끗 훔쳐보다가 다시 손가락 사이의 담배로 시선을 돌렸다. 마르지오는 눈을 반쯤 감고 무슨 생각을 하는지 자신도 잘 모르겠는 채 제 숨소리에만 집중했다. 마메만이 차분했다. 마메는 물동이를 부엌으로 나르고 방으로 돌아가 침대 모서리에 앉았다. 누라에니는 아주 잠깐 아들 쪽을 보았다가 어쩌면 영원히, 다시는 깨어나지 못할 잠든 아기를 바라보았다.

어린것은 다음날에도 죽지 않았다. 하지만 갈수록 힘이 없었다. 어미의 젖은 진작 말라버렸고, 누라에니가 그토록 애를 써 먹이려 해도 카시아가 가져다준 우유를 몇 모금 마시지 못했다. 어린것의 눈가는 점점 깊어지고 입은 처졌다. 갓 지은 밥솥에서 김이 올라오듯 어린것에게서 죽음의 냄새가 피어올랐다.

그날 내내 어린것은 저승사자와 싸웠지만 코마르는 그쪽을 쳐다보지도 않았다. 그는 한 번도 그 방 안에 발을 들이지 않았고, 누라에니는 어린것이 찬바람이라도 쐬면 무슨 일이 벌어질지 몰라 방 밖으로 나오지 않았다. 아비는 그저 의자에 앉아 클로브 담배만 피워댔다. 배가 고프면 혼자 부엌에 가서 먹을 것을 알아서 찾아 먹고 다른 식구에게 묻거나 하는 법도 없었다. 마르지오는 거의 의자에서 벗어나지 않았다. 잠도 의자에서 자고 친구들은 아예 잊어버렸다. 연극을 보는 관객처럼 집 안에서 벌어지는 일을 가만히 지켜보았다.

아침 9시에 코마르가 이발소에 나가자 잠시나마 평화가 찾아왔다. 누라에니는 여전히 어린것을 붙잡고 있었다. 마르지오는 어린것이 죽는 것은 별로 걱정되지 않았다. 그러나 이 반송장 같은 아이가 죽는다면 어머니는 더 깊은 광기에 빠져들 것이 분명했다. 그는 아비가 누구건 간에 코마르가 수탉만 쓰다듬지 말고 어린것을 위해 나서주기를 바랐다. 하지만 누가 봐도 코마르는 어린것이 죽기만 바라는 듯했다.

7일째 되던 날 코마르가 사라졌다. 다른 식구들은 어린것이 병 우유 몇 입만 먹고도 이렇게 오래 버텨준 것에 감탄했다.

누라에니, 마메, 마르지오는 희망에 차오르기 시작했다. 아직 아기는 부서질 듯 약하고 숨쉬기조차 힘들어 보이지만 일주일을 살았으면 1년을 아니 몇 년이라도 더 살 수 있을지 모른다. 누라에니의 얼굴에 미소 비슷한 것이 돌아오기 시작했고 그는 아기를 방 밖으로 데리고 나올 만큼 마음의 여유가 생겼다.

그러나 코마르는 나가버렸고 어디로 갔는지도 알 수 없었다. 아기에게 이름을 지어줄 때였다. 어쨌거나 아기는 이 집에서 태어났고 사람들은 모두 아기가 그의 자식인 줄 알았다. 마르지오는 아비를 찾아 나섰지만 찾지 못하고 돌아왔다. 이발 도구도 아끼는 수탉도 그대로 있었다. 이른 아침부터 누라에니는 집 앞에 내놓은 의자에 앉아 무릎 위에 아기를 올려놓고 조용히 자장가를 불러주고 있었다. 그러나 코마르는 돌아오지 않았다.

마르지오에게 아기 머리를 잘라주라고 한 것은 마메였다. 아무런 의식도 없이 축하해줄 사람도 없이 누이와 어머니만 보는 앞이었지만 마르지오는 아버지의 이발 도구에서 가위와 면도칼을 찾아냈다. 어린것은 아직 누라에니의 품에서 반쯤 잠든 채였다. 어머니가 아기 머리에 씌운 모자를 벗기자 마르지오는 젖은 손으로 가느다란 머리칼을 적셨다. 한 손을 들어 두 손가락으로 칠흑 같은 머리를 한 움큼 잡고 다른 손으로 가위를 들어 머리를 자르기 시작했다. 마메가 탁자 위에 깔아둔 종이 위로 머리칼이 떨어졌다. 관습에 따라 머리칼의 무게를 달고 딱 그만큼의 쌀을 거지에게 주어야 한다. 마르지오와 마메는 머리카락 한 올도 흘리지 않도록 조심했다.

이 의례는 10분 만에 끝났고, 누라에니는 행복에 겨워 눈물을 글썽였다. 그는 찬 기운이라도 맞을까 어린것의 맨머리에 다시 뜨개모자를 씌어주었다. 마르지오가 말했다. "아기 이름을 지어주세요, 어머니."

마리안이라는 이름이 그의 입에서 튀어나왔다. 그 이름은, 옆집 남자가 매일 오후 2시 30분이면 집 앞에 라디오를 내놓고 이웃들이 들을 수 있게 해주는 인기 라디오 드라마의 주인공 이름을 딴 것인지도 모른다. 아니면 그 이름은 누라에니가 어린 시절 알던 동무의 이름인지도 모른다. 마르지오와 마메는 묻지 않았다. 어린것이 마침내 이름을 얻었다는 사실만이 중요했다.

그러나 어린것은 오래 버티지 못했다. 마르지오가 복수심에 가득 차 잡은 수탉을 마메가 요리해서 다 먹기도 전이었다. 어린것은 아무 소리도 없이 가버렸다. 석양이 어둠 속으로 사그라들듯 그렇게 갔다. 누라에니는 간신히 몸을 가누며 마당의 꽃덤불로 걸어갔다. 슬픈 노래를 부르며 꽃을 꺾었다. 두 눈에서 눈물이 홍수처럼 흘러내렸다.

마하라니는 몰랐다. 마르지오네 가족에게는 깊은 상처가 있다는 것을, 죽은 아기가 그 상처의 모든 부분을 건드렸다는 것을 알지 못했다. 영화 상영이 있던 날 밤, 마리안의 생부인 바로 그 때문에 두 사람은 연인이 될 수 없다는 사실이 마르지오를 괴롭혔다. 그는 곪아터진 종기를 째고 그 안의 끔찍한 진실을 보여주고 싶었다. 하지만 마하라니를 좋아하는 마음과 그 애의 집요한 애정 표현에 자꾸 주저하게 됐다. 운동장 구석에서 둘은 입을 맞췄다. 그리고 그 무거운 진실이 그를 뼛속까지 얼어붙게 했다.

마하라니는 마르지오가 소극적으로 구는 것이 처음이라 어색해서인 줄로만 알았다. 소녀는 장난스럽게 소년을 만지며 긴장이 풀리기를 바랐지만 소년은 다만 고통스러운 눈으로 소녀를 쳐다볼 수밖에 없었다. 마하라니를 잃을 수밖에 없다는 사실이 그를 괴롭혔고, 자신이 과연 그 진실을 꺼낼 수 있을지도 확신할 수 없었다.

마르지오는 그날 제 눈으로 본 것을 마하라니에게 말할 수 없었다. 코마르 빈 슈엡이 누라에니가 임신한 것을 알고 죽을 만큼 두들겨 팬 지 얼마 지나지 않아서였다. 누라에니는 죽지 않았다. 오히려 남편이 나가자 자리에서 벌떡 일어나 노래를 흥얼거리며 몸단장을 했다. 마르지오는 기분이 좋은 어머니를 이해할 수 없는 정도가 아니라 괴이하다고 생각했다. 어머니는 온몸이 멍투성이였지만 아프지 않아 보였다. 아들은 어머니의 인내와 끈기에 감탄했다. 누라에니는 매맞은 여자가 아니라 사랑받는 여자처럼 빛이 났다. 베이지색 원피스를 입고 부른 배를 안고 급히 밖으로 나갔다. 마르지오는 어머니의 뒤를 밟았다. 어머니가 안와르 사닷의 집에 이르자 그는 잠시 멈춰서 눈을 피했다. 그제야 그는 안와르 사닷을 의심하기 시작했다. 그자는 여자라면 사족을 못 쓰는 인사인 데다 누라에니는 그 집에서 하루 종일 살다시피 하지 않는가. 마르지오는 확실한 증거를 잡고 싶었다. 증거를 잡아서 어떻게 할지는 몰랐다.

마르지오는 너무 잘 아는 그 집으로 다가갔다. 지난 여러 해 동안 그랬듯 기척도 없이 옆문으로 들어가 늘 빨래가 널려 있는 안마당에 섰다. 보통 어머니는 여기 우물가에서 빨래를 하거나 점심을 준비하곤 했다. 그러나 집 안은 고요했다. 아무 기척도 들리지 않았다. 마르지오도 아무 소리 내지 않고 걸어 들어갔다. 그는 벽에 걸린 그림을 뚫어져라 쳐다보았다. 마에사 데위가 아기와 함께 있는 방은 문이 조금 열려 있었다. 부엌에 가보았지만 아무도 없었다. 이번에는 안와르 사닷의 방문 앞에 섰다. 방문을 열고 싶었지만 감히 그렇게 하지 못했다. 차라리 발길을 돌리기로 했다.

집 서쪽에는 사방 2미터가 채 안 되는 작은 땅이 있었다. 이 집 식구들은 가슴께까지 오는 담장을 친 이 땅에 오렌지와 바나나를 키웠다. 이곳은 그 집 식구들 말고 바깥사람은 드나들지 못하는 곳이었지만 마르지오는 예외였다. 그는 자주 그 안에 가서 마른 바나나잎을 잘라 내곤 했다. 여기서는 열린 채 나부끼는 커튼으로 가린 창문들을 순서대로 볼 수 있었다. 제일 앞의 창문을 들여다보니 방은 비어 있었다. 라일라는 거기 없었다. 두 번째 창문을 보니 게으른 마에사 데위가 날이 훤한데도 이불을 덮고 누워 있었다. 세 번째는 마하라니 방의 창이었다. 마하라니가 돌아와 있을 때가 아니면 창문은 언제나 닫혀 있었다. 마르지오는 그 옆방 앞에서 얼어붙었다.

그 안에서 나지막한 신음 소리가 새나왔다. 안와르 사닷과 어머니가 정사를 벌이고 있는 것이 분명했다. 참을 수 없는 호기심 때문일까 못된 마음이 들어서일까, 이미 진실을 알면서도 마르지오는 더 가까이 가보았다. 주홍색 커튼이 쳐진 창문 사이로 안와르 사닷 밑에 깔린 벌거벗은 어머니가 보였다. 두 사람은 누가 훔쳐보는지도 모르고 한 몸처럼 엉겨 붙어 들썩이고 있었다. 마르지오는 어머니의 빛나는 얼굴을 보고 싶었다. 20년에 걸친 학대에 바싹 말라버린 어머니가 생기로 차 땀에 젖은 그 모습을 보고 싶었다. 그는 두 남녀가 그토록 서로를 탐닉하는 모습에 감사했다. 그는 두 엉킨 몸을 찬찬히 하나씩 떼어내 바라보았다. 이제 가는 것이 좋겠다는 생각이 들 때까지 그렇게 한참을 들여다보다 집으로 갔다. 잠시 앉아서 생각을 가다듬어야 했다. 지금까지 겪어본 어떤 숙취보다 지독한 두통이 느껴졌다. 울고 싶어졌다.

그날 해가 지고 느지막이 그는 방범초소에 앉아 손에 잡히는 대로 구할 수 있는 술은 다 마셨다. 맥주에 아구스 소프얀네 주점에서 산 아락술을 섞은 것이 대부분이었다. 초소에 드러누워 토하고 기침을 하면서 망할 년이라고 고래고래 소리를 질렀다. 친구들은 대체 마르지오가 왜 그러는지 알 수 없었다. 마르지오는 버럭 소리를 질렀다. "그래, 그렇게 웃을 수만 있다면 그놈이랑 붙어먹어도 괜찮아." 마르지오는 복잡한 가정사를 생각하다가 거의 미쳐버릴 지경이었다. 그러나 갑자기 어떤 깨달음이 찾아오면서 어머니의 편을 들기로 했다. 어머니가 조금이라도 행복할 수 있다면 괜찮다고 생각했다.

마리안이 죽은 후 더 깊은 슬픔 속으로 침잠해가는 어머니를 보면서 그는 아버지의 목을 베야겠다고 생각했다. 그 작자는 어린것을 묻은 지 얼마 지나지 않아 신이 나서 나타났다. 그러나 마르지오는 감히 칼을 들지 못했다. 누라에니와 안와르 사닷의 벌거벗은 몸뚱이가 엉겨 붙은 모습이 머릿속에서 지워지지 않았다. 그 모습이 떠오르면 늙은 코마르가 의기양양한 것이 구역질 나게 보기 싫으면서도 측은해졌다. 그러나 하루라도 빨리 그 늙은이를 없애버려야 한다. 호랑이를 만난 그날 아침 그 생각은 한층 더해졌다. 몸 안에서 무언가가 끓어올랐다. 코마르 빈 슈엡의 목을 날려버리라는 야수의 성화였다.

분노는 코마르가 죽고 얼마 지나지 않아 돌아온 마하라니를 보자 더 끓어올랐다. 그날은 짐승 같은 아비에게서 가족이 해방된 것을 기뻐하며 축하할 생각이었다. 그러나 그는 마하라니를 만났고 그 애는 사랑을 고백했다. 마르지오는 그 애에게 두 사람이 이어질 수 있는 일말의 가능성조차 갖지 못하게 모든 것을 얘기해야 했다. 미루면 미룰수록 더 괴로워질 뿐이었다.

영화의 두 번째 릴이 돌아가기 시작했다. 둘은 거기서 한 시간 가까이 서로 안고 수줍게 입을 맞추고 있었던 것이다. 그러나 마하라니는 마르지오의 주저하는 몸짓이 계속 신경 쓰였다. 소녀는 다시 입을 맞추려다 말고 소년을 빤히 쳐다보았다. 설명을 요구하는 눈빛이었다. 소년은 죄책감과 수치심으로 몸 둘 바를 모르면서도 자신이 지은 죄도 아닌데 벌을 받을 준비를 했다.

"말해봐. 날 좋아하지 않는 거니?" 마하라니는 어깨를 들썩이며 흐느껴 울었다. 마르지오는 마하라니의 얼굴을 들여다보며 손을 잡았다. 마하라니는 손을 뿌리쳤다. 마르지오가 어깨를 감쌌지만 그마저 뿌리쳤다. 괜한 앙탈 같은 것이 아니었다.

그 애는 정말이지 어쩔 줄을 몰랐다. 마르지오에게 쉽게 빠져 나갈 길은 어디에도 보이지 않았다.

"네가 모르는 게 있어." 마르지오의 목소리는 또렷하고 결심에 차 있었다. 마하라니는 계속 울었다. 소년이 하려는 말이 무엇이건 듣고 싶지도 알고 싶지도 않았다. 내용이 무엇이건 간에 결론은 똑같을 것이다. 우리가 사귀어봐야 결과는 뻔해, 입맞춤과 그간 느껴온 따뜻한 감정은 다 별것 아니었어, 너 혼자만의 느낌일 뿐이야, 그것도 아니면 나는 널 좋아하지 않아, 모두 같은 소리다.

"우리는 서로 사랑할 수가 없어."

"어째서?" 고개를 들어 소년을 바라보는 소녀의 코에는 빨갛게 물기가 어렸고 젖은 머리카락은 뺨에 달라붙어 있었다. 그런 소녀의 모습은 소년의 가슴을 미어지게 했다. 어머니가 저지른 일이 모두 없었던 일이기를, 그래서 소녀를 꼭 끌어안고 키스할 수 있기를 바라고 또 바라보았다. 그러나 소년을 바라보는 소녀의 눈빛은 대답을 요구했다. 이제 돌아갈 방법이 없다.

마르지오의 입에서 나온 말은 무거웠다. "너희 아버지랑 우리 어머니가 잤고 그때문에 마리안이라는 여자아이가 태어났어. 하지만 그 애는 난 지 7일 만에 죽었지. 왜냐면 우리 아버지가 어머니를 죽도록 패서 미숙아로 태어났거든."

그 말은 소녀의 흐느낌을 끊어놓기에 충분했다. 그뿐만이 아니었다. 그는 방금 들은 말이 무슨 뜻인지 한참을 곱씹었다. 그리고 곧 그 말이 키야이 자로의 코란 수업에서 배우는 어떤 말씀보다 무거운 진실이라는 것을 알 수 있었다. 금요일 오후마다 모스크의 스피커로 온 마을에 울려 퍼지는 설교보다 더묵직한 진실이었다.

마하라니는 일어섰다. 마르지오를 쳐다보는 눈길이 거짓말쟁이를 보는 그런 것이었다. 뭐라고 말을 하고 싶은 모양이었지만 곧 포기하고 입술을 깨물었다. 마르지오는 소녀를 마주 보며 방금 뱉은 말이 진실임을 확인해주었다. 창문을 통해그가 본, 두 남녀가 불꽃을 튀기며 엉켜 있던 광경을 이야기해줄 필요도 없었다. 그저 그의 눈빛만으로도 마하라니는 그 말에 한 치도 거짓이 섞이지 않은 것을 알아챘다. 마하라니는 차가 오는지 신경도 쓰지 않고 황망하게 길을 건넜다. 걸을 때마다 폭 넓은 청바지 단이 펄럭거렸다. 흘러내리는 눈물을 닦으면서 그는 집으로 갔다. 바로 안와르 사닷의 막내딸이 아비에게 이상하게 굴었던 그날이었다. 방 안에 처박혀서 나오지 않더니 아침이 되자 집에서 도망가버렸다.

마르지오는 영화가 끝나기도 전에 집에 왔다. 마하라니를잃어 가슴이 찢어질 것 같았지만 이상하게 안심이 됐다. 테라스에 앉아 어머니의 꽃덤불을 바라보며 제 인생의 모든 불행은 이제 끝나야 한다고 생각했다. 두 영혼이 상처받았지만 어쩔 수 없는 일이었다. 그는 밤이 깊을 때까지 거기 앉아 있었다. 보슬비가 땅을 적셨다. 젖은 흙냄새가 섞인 신선한 바람이불어왔다. 마메가 문을 열고 나와 안으로 들어가자고 했지만마르지오는 들어가지 않았다. 계속 거기 앉아 폭풍처럼 밀려오는 상념 속으로 휘말려 들어갔다.

빗줄기가 점점 거세어지더니 하수구가 넘쳤다. 마르지오는 이대로 올 비가 다 와서 모레 돼지 사냥 때는 날이 맑았으면 좋겠다고 생각했다. 사냥 갔던 기억을 떠올리니 힘이 났다. 내일은 오늘과는 달리 신나는 날이 될 것이다. 그에게는 암호랑이가 있고, 징글징글한 아비는 죽었고, 마음의 짐이었던 마하라니도 떠났다. 마메와 어머니만 곁에 있으면 됐다.

아침이 되어서야 비는 그쳤다. 마르지오는 밤을 꼬박 새웠다. 공기 중에 끓어오르는 무언가가 마하라니가 이 고장을 떠났다고 일러주었다. 그 애를 배웅하면 마음이 좀 나아질까 싶어 고민했다. 운명의 장난일 뿐 마하라니에겐 아무 잘못이 없었다. 바람을 타고 오는 향내가 마하라니가 아직 눈물을 멈추지 못했다고 일러주었다. 지금쯤 그 애는 안와르 사닷의 배웅을 마다하고 혼자 가방을 들고 버스터미널로 향하고 있을 것이다. 같이 우산을 쓰고 나갔던 그날 밤 이래 늘 그랬듯 마르지오가 곁에 있어줘야 했다. 가방을 들어주고, 버스 위에 짐을 올려주고, 다음에 집에 올 때 마중 나오겠다고 말하고, 버스가 시동을 걸고 아스팔트 위에 올라서면 손을 흔들어줘야 했다. 그러나 마르지오는 이제 거기 없다. 이제 그는 사랑이야말로 사람을 가장 아프게 만들 수 있음을 깨달았다.

두 눈이 벌겋게 충혈됐는데도 도무지 잠들 수가 없었다. 마메와 누라에니가 일어났다. 마메가 지난 몇 년 사이 제 왕국이 된 부엌에서 달그락거렸다. 누라에니는 의자에 앉아 딸이 가져온 달고 따끈한 커피를 마셨다. 어머니의 얼굴은 코마르의 폭력에 시달리던 그 시절보다 더 쪼그라들어 보였다. 마리안의 죽음이 남편의 주먹보다 더 큰 시련이었던 것이다. 마르지오는 어머니를 보며 코마르의 죽음이 평화를 가져다줬는지, 그자로 인한 고난이 모두 끝난 것인지 질문해보았다. 갈라지는 논바닥 같은 어머니의 얼굴에 그 답이 있었다.

우울한 광경이었다. 그는 식탁 위의 두부를 좀 집어먹고 밖으로 나갔다. 벌겋게 충혈된 눈은 개의치 않았다. 햇살의 온기를 느끼고 싶었다. 마하라니는 벌써 떠난 것이 분명했다. ABC 보석상 러닝셔츠를 입은 안와르 사닷이 스라비 노점에 앉아 마하라니 흄을 보는 것이 보였다. 안와르 사닷과 눈이 마주쳤다. 순간 어머니를 행복하게 해줄 수 있는 사람은 세상에 그 하나뿐이라는 생각이 들었다. 마르지오는 스라비 노점에 가지는 않고 사드라 소령 집으로 가서 들개들을 데리고 놀았다. 평소에는 개들과 빙글빙글 돌며 함께 놀기를 좋아했지만 지금은 마음이 완전히 다른 데 가 있었다.

하루 종일 집에도 들어가지 않고 좁은 골목길을 걸었다. 아는 친구들과 마주쳤지만 말 한마디 나누지 않았다. 종일 입안에 넣은 것이라고는 전당포 앞마당에서 따먹은 구아바와 아궁 유다가 준 담배 한 가치가 다였다. 방범초소에서 자려고 누워보았지만 눈을 감을 수 없었다. 어머니에 대한 이상한 생각이 그를 잠들지 못하게 했다.

친구인 아궁 유다와 얘기해보고 싶었지만 부끄러워서 차마 말을 꺼내지 못했다. 둘은 운동장 주변을 돌다가 비둘기가 하늘로 날아오르는 것을 보려고 드러누웠다. 마르지오는 아구스 소프얀네 주점에 가자고 했다. 그러나 거기서도 가슴속의 이야기를 털어놓지 못했다. 되레 마하라니를 생각하며 자책했다. 그 애라면 무슨 얘기든 들어주었을 것이다.

그렇게 하루 종일 쏘다니다가 결국은 안와르 사닷네 앞마당에 이르렀다. 흉기도 없었고 그자를 죽일 생각도 없었다. 그저 얘기를 해보고 싶었다. 아직도 망설이는 까닭은 겁이 나서가 아니라 수치스러워서였다. 문이 열리자 아직 아침에 입었던 옷을 그대로 입고 있는 안와르 사닷이 보였다. 상상했던 모습 그대로였다. 마르지오는 그에게 다가갔다. 말할 용기가 생겼을 때 말해야 했다.

"아저씨가 우리 엄마랑 잔 거 알아요. 마리안이 두 분 자식인 것도요."

그 말이 두 사람 사이의 허공에 꽉 박혔다. 안와르 사닷의 얼굴이 허옇게 질렸다. 마르지오가 다시 입을 열었다.

"우리 엄마랑 결혼하세요. 엄마가 행복해지게요."

안와르 사닷은 고개를 저으며 우물쭈물 말을 꺼냈다. "말도 안 되는 소리. 나는 처자식이 있는 몸이야."

"그리고 나는 너희 엄마를 사랑하지도 않아."

바로 그때 마르지오의 몸에서 호랑이가 튀어나왔다. 백조처럼 하얀 호랑이였다.

호랑이 남자

초판 1쇄 펴낸날 2018년 4월 2일

지은이　　　에카 쿠르니아완
옮긴이　　　박소현
펴낸이　　　박재영
편집　　　　강혜란
디자인　　　당나귀점프
제작　　　　제이오

펴낸곳　　　도서출판 오월의봄
주소　　　　서울시 마포구 양화로 133, 1605호
등록　　　　제406-2010-000111호
전화　　　　070-7704-5809
팩스　　　　0505-300-0518

이메일　　　maybook05@naver.com
트위터　　　@oohbom
블로그　　　blog.naver.com/maybook05
페이스북　　facebook.com/maybook05

ISBN　　　　979-11-87373-33-9 03830

이 도서의 국립중앙도서관 출판시도서목록(CIP)은 e-CIP홈페이지(http://nl.go.kr/ecip)와
국가자료공동목록시스템(http://www.nl.go.kr/kolisnet)에서 이용하실 수 있습니다.
(CIP 제어번호 : CIP2018008107)

• 책값은 뒤표지에 있습니다. 잘못된 책은 바꾸어 드립니다.